Michaìl Bulgàkov

Il mago nero

Prima versione del

Maestro e Margherita

a cura di Bruno Osimo

Titolo originale dell'opera: Черный маг

Traduzione dal russo di Bruno Osimo

Bruno Osimo è un autore/traduttore che si autopubblica

La stampa è realizzata come print on sale da Kindle Direct Publishing

ISBN 9788898467860 per l'edizione cartacea

ISBN 9788898467853 per l'edizione elettronica

Contatti dell'autore-editore-traduttore: osimo@trad.it

Traslitterazione

2

La traslitterazione dei nomi è fatta in base alla norma ISO 9:

â si pronuncia come 'ia' in 'fiato' /ja/

c si pronuncia come 'z' in 'zozzo' /ts/

č si pronuncia come 'c' in 'cena' /tɕ/

e si pronuncia come 'ie' in 'fieno' /je/

ë si pronuncia come 'io' in 'chiodo' /jo/

è si pronuncia come 'e' in 'lercio' /e/

h si pronuncia come 'c' nel toscano 'laconico' /x/

š si pronuncia come 'sc' in 'scemo' /ş/

ş si pronuncia come 'sc' in 'esci' /ɕ:/

û si pronuncia come 'iu' in 'fiuto' /ju/

z si pronuncia come 's' in 'rosa' /z/

ž si pronuncia come 's' in 'pleasure' /ʐ/

Sommario

Il vangelo secondo Voland[1]

«Hm» disse il segretario[2].
«Volevate regnare a Jershalaim?»[3] domandò Pilato[4] in

---

[1] Titolo convenzionale del secondo (forse terzo) capitolo della seconda stesura provvisoria del romanzo *Il mago nero*. L'inizio del capitolo, con il titolo, è stato distrutto.

[2] Così comincia il testo del secondo (o terzo) capitolo del romanzo.
Prima, come risulta dai frammenti conservati di fogli distrutti, veniva descritta la riunione del sinedrio in cui Giuda depone contro Jeshua. Probabilmente Bulgàkov attinse a varie fonti storiche, ma di tali materiali si sono conservate soltanto singole annotazioni. Evidentemente le rimanenti annotazioni sono state distrutte insieme ai manoscritti. Tuttavia esistono annotazioni successive dello scrittore che riguardano la riunione del sinedrio che decide sul destino di Jeshua. "Fu condotto al sinedrio, non al Grande, ma al Piccolo, composto da ventitré membri, presieduto dal sommo sacerdote Giuseppe Caifa." Questo appunto fu preso da Bulgàkov dal libro di G. Drevs, Storia degli ebrei dai tempi antichi ai giorni nostri, vol. 4, Odessa, 1905, p. 226. Nel quaderno dello scrittore vi è anche l'appunto: "Condannato a morte. Il processo si svolse nel palazzo di Caifa".

[3] Matteo, 27, 11. Per la replica di Gesù a Pilato Bulgàkov attinge, invece, dal Vangelo di Giovanni.

[4] Bulgàkov ha consultato un vasto materiale su Pilato

latino.

«Che dite, uom... Egemone, io non volevo affatto regnare da nessuna parte!» esclamò l'arrestato in latino.

Conosceva male le parole[5].

---

prendendo numerosi appunti e scrivendo rilievi e commenti: "Pilato è nella costellazione di Orione"; "Ponzio Pilato assunse la carica di procuratore di Giudea nel 26 della nostra era, al posto di Valerio Grato (Luca, 3; Giuseppe Flavio, 1, 18, cap. 2)" "Il procuratore era alle dipendenze del legato di Siria"; "Atus è il re e la figlia del mugnaio Pila. Pila-Atus. Procuratore!" ; "Monte di Pilato. Monte Pilatus"; "Fu successore di Valerio Grato e sesto! procuratore di Giudea. (Brokgauz) 46, 595)" "Il quinto! procuratore di Giudea non fece eccezione sotto questo aspetto... (N. K. Makkavejskii, Archeologiia istorii stradanij Gospoda Iisusa Hrista [Archeologia della storia della passione di Nostro Signore Gesù Cristo], Tr. Kievsk[oj] Duh[ovnoj], 'Akademii', 1891, n. 2, ", ...divenne sesto (?!) procuratore di Giudea... (Farrar, Vita di Gesù)"; "Pilato poteva essere un'ostrica?".

[5] Esponendo con precisione i particolari storici, Bulgàkov dedica grande attenzione alle lingue parlate all'epoca in Giudea. Nei materiali delle prime stesure si possono leggere, per esempio, questi appunti: "Che lingue sapeva Jeshua?" "Il Salvatore, probabilmente, parlava in greco... (Farrar, F. W.)" , "E perfino poco credibile che Gesù sapesse il greco" (Renan, V. G.)" , "In Oriente la lingua aramaica ha avuto il ruolo di diffondere l'alfabeto...", "La lingua aramaica... ai tempi di Cristo era una lingua popolare e vi furono scritti

«Non facciamo confusione, arrestato» disse Pilato in greco «questo è il protocollo del sinedrio. È scritto chiaramente: usurpatore. Sono le deposizioni degli uomini buoni che hanno testimoniato.»

Jeshua trasse un forte respiro dal naso asciutto e rispose in greco, balbettando:

«I b-buoni testimoni, o egemone, non hanno studiato all'università. Sono analfabeti, e hanno fatto una confusione terribile su quello che ho detto. Sono davvero inorridito. E penso che passeranno millenovecento anni[6] prima che venga fuori quante menzogne hanno detto trascrivendo le mie parole.»

Vi fu di nuovo silenzio.

«Trascrivono le tue parole?» domandò Pilato con voce pesante.

«Se ne va in giro con un taccuino e scrive» disse Jeshua «quel simpatico... Annota ogni parola nel taccuino... Una volta ci ho dato un'occhiata e sono rimasto inorridito... Non avevo detto niente di tutto ciò, davvero. Gli ho detto: brucia questo taccuino, per favore, ma lui me l'ha strappato di mano ed è corso

---

alcuni frammenti della Bibbia...". Nelle ultime stesure del romanzo, Pilato per capire il grado d'istruzione dell'arrestato gli si rivolge prima in aramaico, poi in greco e infine, convintosi della brillante erudizione dell'interrogato, ricorre anche al latino.

[6] Nella stesura successiva: "dovranno trascorrere duemila anni prima che... (ci pensò ancora), sì, proprio duemila, prima che la gente si renda conto di quanto io sia stato frainteso da chi prendeva nota di quel che dicevo". Nell'ultima stesura: "Comincio a temere che questa confusione continuerà per un bel pezzo".

via.»

«Chi?» domandò Pilato.

«Levi Matteo» spiegò l'arrestato «faceva il pubblicano, l'ho incontrato per strada e ho fatto una chiacchierata con lui... Lui ha ascoltato, ascoltato, ha buttato i soldi per la strada e ha detto: "Be', vengo con te"...»

«Un pubblicano ha buttato i soldi per strada?» domandò Pilato alzandosi dalla poltrona. Poi, di nuovo, si sedette.

«Li ha regalati» spiegò Jeshua «passava un vecchio che portava il formaggio, e Levi gli ha detto: "To', prendi!".»

Il collo del segretario si era allungato come quello di un'oca.

Stavano tutti zitti.

«Levi è simpatico?» domandò Pilato guardando accigliato l'arrestato.

«Estremamente» rispose questi «però fin dal mattino mi guarda in bocca: appena pronuncio una parola, lui la scrive.»

Evidentemente il misterioso taccuino era il punto debole dell'arrestato.

«Chi? Cosa?» domandò Pilato. «Tutto quello che dici? Perché lo trascrive?»

«Anche là ci sono trascrizioni» disse l'arrestato, e indicò i protocolli.

«Ma guarda» disse Pilato al segretario «come vi sembra? Fermati» aggiunse, e si rivolse all'arrestato:

«E dimmi, chi altro è simpatico? Marco è simpatico?»

«Molto» disse convinto l'arrestato. «Però è nervoso...»

«Marco è nervoso?» domandò Pilato guardandosi intorno sofferente.

«Un germano l'ha colpito a Idistaviso[7] e la testa gli è rimasta danneggiata...»

Pilato sussultò.

«E tu dove hai incontrato Marco prima?»

«Io non l'ho incontrato da nessuna parte.»

Pilato cambiò un poco in viso.

«Aspetta» disse. «Ci sono al mondo persone non simpatiche?»

«No» disse convinto l'arrestato «non ce n'è letteralmente neanche una...»

«Hai letto libri greci?» domandò Pilato con voce inespressiva.

«Però non mi sono piaciuti» rispose Jeshua.

Pilato si alzò, si voltò verso il segretario e fece la domanda:

«Che cosa hai detto al mercato parlando del regno?».

«Parlavo del regno della verità, egemone...»

«Oh, Caifa»[8] bisbigliò cupo Pilato, e ad alta voce domandò in greco: «Che cos'è la verità?». E in latino: *«Quid est veritas?»*.

«La verità» cominciò l'arrestato «prima di tutto è che ti fa male la testa e che soffri tremendamente, non riesci

---

[7] Nella valle di Idistaviso nell'anno 16 d.C. il condottiero romano Germanico (cugino dell'imperatore Tiberio) attaccò le tribù germaniche dei Cherusci comandate da Arminio.

[8] Nell'originale del Mago nero, la versione di questo nome adottata è "Caiafa". Negli ultimi capitoli (dal 23 in poi) del Grande cancelliere e nel Maestro e Margherita diventa invece "Caifa". Nella traduzione italiana del Mago nero si è però preferito conservare la versione più diffusa in italiano.

a pensare.»

«Una verità come questa sono capace di dirla anch'io» ribatté Pilato serio e accigliato.

«Ma oggi l'emicrania non ti lascia vivere» aggiunse Jeshua.

D'un tratto l'orrore fu nel viso di Pilato, ed egli non riuscì a nasconderlo. Si alzò sgranando gli occhi, e si guardò intorno inquieto. Poi ricacciò dentro il desiderio di gridare qualcosa, deglutì la saliva e si sedette. Nella sala nessuno emetteva un sussurro, né osava muovere un dito.

«Sai una cosa, egemone» continuò l'arrestato «tu te ne stai troppo a palazzo, per questo ti viene l'emicrania. Oggi fa bel tempo, ci sarà un temporale soltanto verso sera. Ti faccio una proposta: andiamo insieme sui prati, t'insegnerò la verità: hai l'aria di essere una persona che capisce con facilità.»

Il segretario pensò quasi di avere sentito quelle parole in sogno.

«Dimmi, per favore» domandò Pilato con la voce rauca «il tuo chitone lo lava una sola donna?»

«No» rispose Jeshua «sempre una diversa.»

«Già già già, capisco» disse triste Pilato con voce profonda e scuotendo la testa. Si alzò e si mise a guardare non il viso dell'arrestato ma il suo talif[9] logoro, lavato e rilavato, che da celeste ormai da tempo era diventato biancastro.

«Grazie per l'invito, amico!» continuò Pilato. «Però devo purtroppo rifiutare, credimi. L'imperatore

---

[9] Veste comune chiara di lana, molto lunga, con un'apertura nel mezzo per la testa e con frange di fili bianchi o celesti agli orli.

Cesare non sarebbe contento che io mi mettessi ad andare per i campi! Che il diavolo mi porti!» gridò inaspettatamente Pilato con la sua tremenda voce da comandante di squadrone.

«Ti consiglierei, egemone, di usare meno la parola diavolo» osservò l'arrestato.

«Non lo faccio più, non lo faccio più!» rispose Pilato. «Che il diavolo mi porti, non lo faccio più!»

Si strinse la testa tra le mani e poi le allargò. In fondo si aprì una porta e al cospetto di Pilato si presentò impettito l'aiutante di campo della legione.

«Sì?» domandò Pilato.

«La consorte di vostra eccellenza, Claudia Procula[10], mi ha ordinato di riferire a vostra eccellenza il suo consorte che non ha dormito per tutta la notte, che ha sognato tre volte il viso dell'arrestato con i capelli ricci, questo qui» disse l'aiutante di campo all'orecchio di Pilato «e che supplica il suo consorte di rimettere in libertà l'arrestato senza fargli male.»

«Riferite a sua eccellenza la mia consorte Claudia Procula» rispose ad alta voce il procuratore «che è una cretina. La legge prescrive rigore nei confronti degli arrestati. Se lui è colpevole, verrà punito, se è innocente, verrà rimesso in libertà. Tra l'altro, anche voi, centurione, dovreste sapere che è questa la prassi del tribunale romano.»

Dopo avere ricompensato in questo modo l'aiutante di campo, Pilato non dimenticò nemmeno il segretario. Tornato da lui, scoprì più che poteva i denti giallognoli.

«Chiedo scusa per essermi espresso in vostra presenza

---

[10] Matteo, 27, 19.

in questo modo su una signora.»

Il segretario impallidì e gli si raffreddarono i piedi. E l'aiutante di campo, dopo avere fatto un sorriso angoscioso, fece sferragliare il fodero e se ne andò come un cieco.

«Trasmettere quanto segue al segretario del sinedrio» disse Pilato senza credere, senza riuscire ancora a credere di avere la testa così fresca. Lo scrivano si sprofondò nel rotolo. «Il procuratore ha personalmente interrogato il vagabondo e ha scoperto che Jeshua Ha-Nozri è un malato di mente. I suoi discorsi malati

hanno determinato un errore giudiziario. Il procuratore di Giudea non conferma la condanna a morte del sinedrio. Ma, essendo assolutamente concorde nel ritenere che la presenza di Jeshua sia pericolosa a Jershalaim, il procuratore dà disposizione per il trasferimento coatto di lui, Ha-Nozri, all'ospedale di Cesarea di Filippo, alla residenza del procuratore...»[11]

Il segretario sparì.

«Ecco qua, re della verità» proferì con imponenza Pilato con gli occhi luccicanti.

---

[11] Se nel 1929 Bulgàkov supponeva che la residenza di Pilato si trovasse a Cesarea di Filippo, negli anni successivi cominciò a dubitarne, e nel quaderno c'è questa frase: "In quale Cesarea visse il procuratore? Non certo a Cesarea di Filippo ma a Cesarea Palestina o Cesarea con la torre di Stratone, sulla riva del mare Mediterraneo". E nella stesura finale del romanzo Pilato parla ormai di "Cesarea Stratonis sul mare Mediterraneo".

«Ma io sono sano, egemone» disse il vagabondo preoccupato.

«Com'è che è venuta ancora fuori tutta questa confusione?...»

Pilato alzò le braccia al cielo, come una statua sofferente, poi imitando Jeshua disse:

«Anch'io ti posso fare una predica: nel Giordano è annegato uno scemo e l'hanno preso per i capelli. Ti prego ora vivamente di tacere se non ti pongo alcuna domanda.» Ma infranse lui stesso quel silenzio domandando dopo una pausa: «Quindi Marco combatte?».

«Combatte» disse il vagabondo.

«Già già» proferì triste e tranquillo Pilato.

Ritornò il segretario e in sala rimasero tutti fermi. Il segretario sussurrò a lungo qualcosa a Pilato. Pilato d'un tratto si mise a parlare ad alta voce, gli si infiammarono gli occhi. Camminò su e giù, dettando, e lo scrivano fece stridere lo stilo:

«Il procuratore ringrazia il signor sommo sacerdote per l'interessamento, ma gli chiede risolutamente di non prendersi disturbo per l'ordine a Jershalaim. Nel caso in cui l'ordine venisse infranto per qualsiasi motivo... Exercitui Romano metus non est notus... e il procuratore in qualsiasi momento può far giungere alla porta di Jershalaim per il signor sommo sacerdote oltre alla Decima legione, che vi si trova già, anche altre due. Per esempio la fretense e l'apollinaria. Punto.»

"Korbàn, korbàn"[12] pulsava nella testa di Pilato, ma con una sensazione trionfale di luminosità.

---

[12] Marco, 7, 11.

E ancora una domanda pose Pilato all'arrestato, intanto che il segretario non era tornato.

«Perché scrivono che sei un "ciarlatano egiziano"?»

«Tre anni fa sono andato in Egitto con Ben-Perahna» [13] spiegò Jeshua.

Ed entrò il segretario che, preoccupato e spaventato, porse un foglio a Pilato e sussurrò:

«Un'aggiunta molto importante.»

Pilato, dall'alto della sua esperienza, ebbe un fremito e domandò arrabbiato:

«Perché non l'hanno mandata subito?»

«Hanno appena ricevuto e trascritto la sua deposizione.»

Pilato sprofondò gli occhi nel foglio e il colorito abbandonò subito il suo viso.

«Caifa è il più terribile degli uomini di questa terra» disse Pilato al segretario a denti stretti «chi è questa canaglia?»

«Il miglior investigatore di Jershalaim» rispose con le sole labbra il segretario all'orecchio di Pilato.

Pilato posò gli occhi sull'arrestato, e non vide il suo viso ma un altro. Nel fondo fattosi più scuro stava attraversando la sala un viso da vecchio, flaccido, sdentato, rasato, con un'ulcera da sifilide [14] che gli aveva smangiato l'osso della fronte gialla, con una

---

[13] Secondo il Talmud, Jeshua Nazareno e Jeshua ben Perahna andarono insieme ad Alessandria d'Egitto, dove Gesù Nazareno avrebbe studiato stregoneria e, ritornato in Giudea, si sarebbe dichiarato Dio.

[14] Il riferimento è a Tiberio Claudio Nerone (42 a.C.-37 d.C.), successore di Augusto, imperatore romano dal 14 d.C.

corona dorata dai denti radi sulla testa calva. Il sole tramontò nell'anima di Pilato, il giorno si oscurò. Vide nell'oscurità i verdi giardini di Capri[15], sentì le trombe sommesse e risuonarono le parole nasali: Lex Apuleia de maiestate. L'ansia si mise a beccargli il petto.

«Sta' a sentire, Jeshua Ha-Nozri» disse Pilato con voce metallica. «Nel secondo protocollo c'è una deposizione secondo cui,

nei tuoi discorsi, avresti fatto il nome del grande Cesare... Aspetta, non ho finito. Una deposizione poco verosimile... C'è qualcosa di incoerente... Non hai fatto quel nome, vero? Eh? Pensa prima di rispondere...»

«L'ho fatto» rispose Jeshua «certo che sì!»

«Hai fatto male a nominarlo!» rispose Pilato con una voce lontana, come se venisse dalla stanza vicina. «Hai fatto male, forse a te importa un po' di Cesare, ma a lui di te no... Hai fatto male! Pensa, prima di rispondere: tu, naturalmente...» Alla parola "naturalmente" Pilato fece una lunga pausa; il segretario lo

guardava di sottecchi, con rispetto.

«Ma tu, naturalmente, non hai detto che resterà senza sudditi.»

«Sì che l'ho detto» disse lucidamente Ha-Nozri.

«Oh, dei!» disse sommessamente Pilato.

Si alzò dalla poltrona e dichiarò al segretario:

«Sentite che cosa ha detto questo idiota? Che cosa ha detto questa canaglia? Lasciatemi solo! Fate uscire le guardie! Questo è un delitto contro la maestà! Voglio

---

[15] L'imperatore Tiberio visse per buona parte degli ultimi anni del suo regno a Capri.

parlargli da solo...»

E rimasero soli. Pilato si avvicinò a Jeshua. D'un tratto con la mano sinistra afferrò la sua spalla destra al punto che per poco non gli ruppe il lacero talif, e gli sibilò diritto in faccia:

«Figlio di puttana! Che cosa hai combinato?! Tu... voi... avete mai pronunciato parole non vere?»

«No» rispose Jeshua spaventato.

«Voi... tu...» Pilato sibilava e scuoteva l'arrestato tanto che i capelli ricci gli sobbalzavano sulla testa.

«À'fa Dio mio, a venticinque anni una tale ingenuità[16]. Com'è stato possibile? Ma dal ceffo che è non avete capito che tipo era? Anche se...» Pilato balzò via da Jeshua e si afferrò disperato la testa «lo capisco: tutto ciò non basta a convincervi. Giuda di Kariot[17] è simpatico, vero?» domandò Pilato e i suoi occhi avvamparono come quelli di un lupo. «E simpatico?» ripeté con triste cattiveria.

La tristezza oscurò il viso di Jeshua come una nuvola il sole.

«E tremendo, davvero terribile... che guaio ha combinato Iscariota. È un ragazzo molto buono... E la donna... E di se«O cretino! Cretino! Cretino!» gridò

---

[16] Nel manoscritto autografo inizialmente era scritto "trent'anni" (Luca, 3, 23). Nell'ultima stesura del romanzo Gesù Cristo ha ventisette anni.

[17] Iscariota. In aramaico forse era Ish-Kariot, "uomo di Kariot". Non è documentata, però, l'esistenza di una località con questo nome. Alcuni studiosi ritengono che Kariot sia da identificare con Kiriat, piccolo centro della Giudea, a nordovest di Gerusalemme. Nell'ultima stesura Bulgàkov corregge "da Kariot" in "da Kiriat".

Pilato con voce imperiosa, e improvvisamente cominciò a camminare avanti e indietro, come preso in una rete. Ora cadeva dietro alla colonna di polvere d'oro che scendeva dalla finestra vicino al soffitto, ora scompariva nell'ombra. Le rondini spaventate frusciavano nel portico, gridavano: "Iscariota, Iscariota...".

Pilato si fermò e domandò con un'angoscia cocente:

«Hai moglie?»

«Parenti? Li pagherò, darò loro dei soldi... Ma no, no» la sua voce si mise a tuonare... «E assurdo! Ascoltami, re della verità!... Tu, tu sei un grande filosofo, e ne avrai di tributi! E menzionare il nome del grande Cesare non bisogna, non bisogna, non può farlo nessuno, tranne i suicidi! Ascolta, Jeshua Ha-Nozri, sembra che tu oggi ti sia ucciso... Ascolta, si può curare l'emicrania, lo capisco: in Egitto insegnano ben altro. Ma adesso fai un'altra cosa: annebbia la mente di Caifa, adesso. Ma non servirà, non servirà. Ha capito che cos'è la teoria delle persone simpatiche, non aprirà certo gli artigli. Tu fai paura a tutti! A tutti! E hai un solo nemico, in bocca: è la tua lingua! Ringraziala! La quantità del mio potere è limitata, limitata, limitata, come tutto al mondo! È limitata!» gridò istericamente Pilato, e d'un tratto si strappò il colletto dal mantello. La placca d'oro rotolò sul mosaico tintinnando.

«A me una frusta, una frusta. Voglio picchiarti come un cane!» sbuffò Pilato come un tubo bucato.

Jeshua si spaventò e disse supplichevolmente:

«Però non picchiarmi forte, oggi mi hanno già picchiato due volte...»

Pilato singhiozzò improvvisamente e lacrimò, ma

subito con uno sforzo diabolico si vinse.

«Da me!» gridò, e la sala si riempì di soldati di scorta ed entrò il segretario.

«Io» disse Pilato «confermo la condanna a morte del sinedrio: il vagabondo è colpevole. Si tratta di *laesa maiestas*, ma fare venire da me... chiedere al presidente del sinedrio Caifa di venire personalmente. Portare l'arrestato al corpo di guardia, in una cella buia, starci attenti come ai propri occhi. Che stia là a pensare...» la voce di Pilato era ormai da un pezzo vuota, lignea come una mazza.

Il sole bruciava senza pietà sulla terrazza di marmo, i limoni e le rose in fiore ombreggiavano un poco le teste e le lunghe chiome delle palme ondeggiavano tranquille, in alto.

Sulla terrazza due persone in piedi parlavano in greco. In lontananza c'era un brontolio, come nella risacca, e di tanto in tanto giungevano le grida attenuate dei venditori di acqua, segno sicuro che una folla di circa cinquemila persone stava davanti al Litostroto in attesa dell'epilogo[18].

E parlò Pilato, e gli occhi brillavano e cambiavano colore, ma la voce fluiva come olio dorato:

«Ho confermato la condanna del saggio sinedrio. Dunque, sommo sacerdote, abbiamo quattro condannati a morte. Due sono a mio carico, dunque di loro non c'è niente da dire. Ma due sono a tuo carico: Var-Ravvan, o Gesù Varrava, condannato per tentativo di rivolta a Jershalaim e per l'uccisione di due guardie cittadine, e il secondo è Jeshua Ha-Nozri, o Gesù di Nazaret.

---

[18] 17 Giovanni, 19, 13.

Conoscete la legge, sommo sacerdote. Domani è la festa di Pasqua, una festa onorata dal nostro divino Cesare. Secondo la legge, uno dei due, sommo sacerdote, lo dovrai rilasciare. Abbiate la bontà di indicarmi quale dei due: Var-Ravvan Gesù o Ha-Nozri Gesù. Aggiungo che io insistentemente intercedo perché venga rilasciato proprio Ha-Nozri. Ecco perché: non vi è nessun dubbio che le accuse contro di lui sono poche, e i suoi incitamenti non hanno avuto nessun risultato pratico. Il tempio è circondato dai legionari, resterà intatto, tutti i bighelloni che lo seguivano in massa negli ultimi giorni si sono dispersi, non succederà nulla, questa è la mia profezia. Vanae voces populi non sunt credendae. A dire questo sono io: Ponzio Pilato. Invece nella persona di Varrava abbiamo a che fare con una figura particolarmente pericolosa. L'assassino e bandito qualificato è stato colto mentre combatteva e mentre incitava alla rivolta contro le autorità romane. Sarebbe una buona cosa uccidere entrambi, sarebbe la soluzione migliore, ma la legge è legge… Dunque?»

E Caifa, con la sua barba nera, disse turbato:

«Il grande sinedrio nella mia persona chiede di rilasciare Var-Ravvan.»

Tacquero per un po'.

«Nonostante la mia intercessione?» domandò Pilato e, per schiarirsi la voce, deglutì «ripetimelo, sommo sacerdote, di chi chiedi la liberazione?»

«Nonostante la tua intercessione, chiedo che venga rilasciato Var-Ravvan. »

«Ripetilo una terza volta… Ma Caifa, forse ci vuoi

pensare?»

«Non ho bisogno di pensarci» disse in tono piatto Caifa «per la terza volta chiedo che venga rilasciato Var-Ravvan.»

«Bene. Sia fatto secondo la legge, sia fatto come vuoi tu» disse Pilato «oggi morirà Jeshua Ha-Nozri.»

Pilato si guardò intorno, abbracciò il mondo con lo sguardo e inorridì. Non c'erano né il sole, né le rose, né le palme. Fluttuava un sedimento purpureo in cui si tuffava ondeggiando lo stesso Pilato; vedeva negli occhi sorgenti verdi d'acqua e pensava:

"Dove sto andando?"

«Sto stretto» proferì Pilato ma la sua voce ormai fluiva come l'olio ed era sottile e secca. «Sto stretto» e Pilato con la mano fredda si aprì di più il colletto già strappato e senza placca.

«Oggi fa caldo, fa caldo» rispose Caifa, sapendo che avrebbe avuto ancora grandi preoccupazioni e tormenti e pensò: "Viene la festa e io di notte non dormo, quando mi riposerò? ... Che tremendo mese di nisan c'è stato quest'anno..."[19].

«No» rispose Pilato «non è per il caldo, è che sto stretto al mondo con te, Caifa. Abbi cura di te, Caifa!»

«Io sono il sommo sacerdote» rispose subito Caifa impassibile «di me ha cura il popolo di Dio. E di pranzi io e te non ne faremo, io non bevo vino... Ti do solo un consiglio, Ponzio Pilato, quando sei preso dall'odio, pondera lo stesso le parole. C'è qualcuno che potrebbe sentirti, Ponzio Pilato.»

---

[19] Secondo il calendario babilonese, allora in uso in Palestina, il mese di nisan corrisponde approssimativamente a marzo-aprile.

Pilato sorrise soltanto con le labbra e guardò con l'occhio morto il sommo sacerdote.

«Forse il diavolo con le corna...» e la voce di Pilato cominciò a canticchiare e a vibrare «forse soltanto lui, amico spirituale di tutti i fanatici religiosi che hanno avvelenato il grande filosofo, può ascoltarci, Caifa, e nessun altro. O assomiglio al giovane forsennato Jeshua? No, non gli assomiglio, Caifa! So con chi sto parlando. Il balcone è piantonato. E poi ti faccio una dichiarazione: d'ora in poi non avrai più requie a Jershalaim, Caifa, fintanto che io sarò procuratore, te lo dico io, Ponzio Pilato Lancia d'oro!»

«La carica di procuratore è forse insostituibile?» domandò Caifa e Pilato vide il verde nei suoi occhi.

«No, Caifa, molte volte hai scritto a Roma!... Oh, molte! Korban, korban, Caifa, ricordi che volevo dare da bere a Jershalaim l'acqua dei laghi di Salomone? Gli scudi d'oro, ricordi? No, non c'è niente da fare con questo popolo. No! E ora non ho voglia di dare acqua a Jershalaim, ma qualcos'altro... non acqua!»

«Ah, se Cesare sentisse queste parole» disse con odio Caifa.

«Ne sentirà altre, Caifa! Oggi partirà la notizia, e non a Roma, ma direttamente a Capri. Io! Ponzio! Schiaccerò l'angoscia.

E tu ne berrai da me, Caifa, ne berrà il popolo di Jershalaim una coppa non piccola. Tu berrai di mattina, e di sera, e di notte, però non l'acqua di Salomone! Hai schiacciato Jeshua come una cimice. E capisco perché, Caifa. Hai fiutato quanto vale quest'uomo... Ma tu ricorda, non dimenticare: tu mi hai liberato

Var-Ravvan, ma io sistemerò le cose a Capri in modo che vengano qui con la pece e con gli scudi.»

«Ti conosco, Ponzio, ti conosco» disse coraggiosamente Caifa «tu odi il popolo di Giudea, e gli arrecherai molto male, ma non lo distruggerai affatto! No! Sei poco accorto.»

«Va bene» proferì Pilato e la fronte gli si coprì di goccioline.

Tacquero per un po'.

«Già, a proposito, sacerdote, ho sentito che i tuoi informatori sono molto bravi» disse Pilato cantilenando. «E soprattutto quel giovane investigatore Giuda Iscariota. Abbi cura di lui. È utile.»

«Ne assumeremo un altro» rispose in fretta Caifa che aveva capito al volo il procuratore.

«O gens sceleratissima, taeterrima gens!» gridò Pilato. «O foetor iudaicus!»

«Se pronunci anche soltanto una parola offensiva di più, cavaliere» rispose Caifa con le labbra bianche tese «me ne vado e non andrò alla Gabbathà[20].»

Pilato guardò il cielo e vide sopra la sua testa il globo incandescente.

«E ora, sommo sacerdote, è mezzogiorno. Andiamo al Litostroto» disse solennemente.

E sull'immenso patibolo di pietra c'erano Caifa, e Pilato, e Jeshua tra i legionari.

Pilato alzò il braccio destro, e ci fu silenzio, come se ai piedi del Litostroto non ci fosse anima viva.

«Il vagabondo e ladro a nome Jeshua Ha-Nozri ha compiuto un crimine contro lo stato.» Pilato parlò

---

[20] Gabbathà è la denominazione ebraica del Litostroto.

come un tempo, come quando comandava gli squadroni a Idistaviso, e le sue parole greche volarono sopra la folla innumerevole. Pilato protese la testa e rivolse il viso dritto contro il sole, che lo accecò all'istante.

Non vedeva nulla, sentiva soltanto che il sole gli bruciava gli occhi in viso e che il cervello gli bruciava di un fuoco verde. Non sentiva le proprie parole, sapeva soltanto di urlare e che avrebbe urlato fino in fondo: per questo motivo, quel giorno, sarebbe stato ucciso Ha-Nozri!

Ora gli sembrava che il sole si fosse messo a suonare e a fondergli le orecchie, ma capì che era la folla a urlare e alzò il bracCio, e sentì di nuovo silenzio, e di nuovo su Jershalaim infuocata gorgogliarono le sue parole:

«Che tutti lo sappiano: non habemus regem nisi Caesarem! Ma Cesare non ha paura di nessuno! Perciò al secondo criminale Gesù Var-Ravvan, condannato per lo stesso crimine di Ha-Nozri, l'imperatore Cesare, come è consuetudine, in onore della festa di Pasqua, su intercessione del sinedrio, dona la vita!»

Qui non capì nulla, tranne che l'aria intorno a sé gemeva e che gli batteva nelle orecchie. E di nuovo con il braccio fece tacere la folla esausta.

«Comandanti! Alla condanna!» cantò Pilato e tra muri di manipoli che separavano la folla dalla Gabbathà, in risposta cantarono le voci dei plotoni e le trombe stridule.

Il bosco di lance volò accanto al Litostroto e in esso brillavano aquile romane simili ad allodole. Furono alzati i fasci.

«Tiberio imperante!» si mise a cantare cieco Pilato e il

breve grido delle centurie romane rotolò sui tetti di Jershalaim.

«Evviva l'imperatore!»

«Iesus Nazarenus» esclamò Pilato «Tiberio imperante per procuratorem Pontium Pilatum supplicio affectus erit! Sia messo in libertà il figlio di Avva, Var-Ravvan!»

Nessuno, nessuno sa che faccia facesse Var-Ravvan nell'attimo in cui lo fecero uscire, come da una tomba, dal corpo di guardia sul Litostroto. Quest'uomo non poteva sperare in nulla al mondo, in nessun miracolo. Perciò andò, condotto per il braccio destro, quello sano, da Marco Spaccatopi, e non faceva altro che tacere e sorridere. Era un sorriso stupido e sdentato, mentre prima dell'interrogatorio con Marco il centurione, Var-Ravvan rischiarava la sua strada da furfante con lo scintillio dei propri denti. Il suo braccio sinistro slogato pendeva come un bastone e la folla coprì quel sorriso inaudito non più con urla, ma con datteri, monete di bronzo, lamenti, strilli.

Solo una volta all'anno prima della grande festa il popolo poteva vedere un uomo che aveva passato la notte già tra le braccia della morte e riemergere sul Litostroto.

«Be', grazie, Nazareno» borbottò Var-Ravvan «t'han messo dentro proprio al momento giusto!»

Il sorriso di Ravvan era così commovente che si trasmise a Jeshua e lui rispose, dimentico di tutto:

«Gioisco con te, buon bandito, vai, vivi!»

E Ravvan, libero come il vento, come se si stesse tuffando in mare, si buttò dal Litostroto nella folla di uomini che si stringevano l'uno all'altro e vi sprofondò[21].

Per passare il tempo, Levi ripassò a lungo nella memoria tutte le malattie che conosceva e desiderava fortemente trovarne almeno una per Jeshua. Ma la tubercolosi, la più sicura, non l'aveva, e nemmeno le altre. Allora lui, aprendo con molta cautela l'occhio destro, guardò oltre la collina, a oriente, e cominciò a sperare che vi fosse una nuvola. Ma una sola nuvola era poco. Bisognava anche che giungesse sopra al monte, bisognava che scoppiasse un temporale e, quando il temporale fosse cominciato, sarebbe stato ancora troppo poco, bisognava che cadesse un fulmine e che cadesse proprio sulla croce di Jeshua. Eh no. C'erano poche probabilità. Allora Levi cominciò a tormentarsi all'idea del proprio errore. Avrebbe dovuto, anziché correre sul monte prima della processione, seguirla da vicino, fianco a fianco al cordone di soldati. E, nonostante la vigilanza dei romani, si sarebbe riusciti comunque a infiltrarsi, a correre fin là, a colpire Jeshua con un coltello al cuore... Ma ormai era tardi.

Così pensava, e stava sdraiato.

L'aiutante di campo si avvicinò al galoppo al cordone siriano, lasciò le briglie allo stalliere, passò attraverso lo sbarramento della Decima legione romana, chiamò il centurione e gli sussurrò qualcosa.

Uno dei legionari colse di sfuggita le parole:

«Ordine del procuratore...»

---

[21] In questo punto mancano sei fogli di testo. Dai frammenti di fogli rimasti attaccati alla rilegatura del quaderno si intuisce che descrisse il cammino di Jeshua sul Golgota.

Il centurione meravigliato, dopo avere fatto il saluto militare, proferì:

«Obbedisco...» e si inoltrò dietro al cordone, verso le croci.

Dalla croce di destra giungeva uno stridulo canto sconclusionato. Colui che vi era crocifisso era uscito di senno per il tormento alla fine dell'ora terza e cantava qualcosa a proposito dell'uva.

Faceva oscillare la testa come un pendolo e le mosche con indolenza si alzavano dal suo viso, ma dopo vi si rigettavano.

Da quella di sinistra l'uomo crocifisso faceva oscillare la testa in un altro modo, in senso obliquo verso destra, per colpire la spalla con l'orecchio.

Sulla croce di mezzo, dove era capitato Jeshua, non c'erano oscillazioni né movimenti. Dopo avere fatto oscillare la testa per circa tre ore, Jeshua si era indebolito e aveva cominciato a cadere in deliquio. Le mosche ne avevano avuto il sentore e, volandogli addosso in sempre maggior quantità, alla fine avevano ricoperto il suo viso al punto che scomparve del tutto sotto alla brulicante massa nera. Nei punti più teneri del suo corpo, sotto le orecchie, sulle palpebre, all'inguine, c'erano grassi tafani che succhiavano.

Il centurione si avvicinò a un secchio pieno d'acqua con qualche goccia d'aceto, prese una spugna a un legionario, la infilò all'estremità della lancia,. la intrise di liquido e, avvicinatosi alla croce di mezzo, cominciò ad agitarla. Sopra la testa del centurione si sentì un fittissimo ronzio e mosche nere, e verdi, e blu s'innalzarono a sciame sopra la croce. Si scoprì il viso di Jeshua, completamente purpureo e privo degli occhi. Erano gonfi.

Il centurione chiamò:

«Ha-Nozri!»

Jeshua ebbe un fremito, inspirò l'aria e piegò la testa, accostando il mento al petto. Il viso del centurione era all'altezza della sua pancia.

Con una voce stridula da brigante, impaurito e incuriosito, Jeshua domandò al centurione:

«Non mi avete ancora tormentato abbastanza? Perché ti sei avvicinato?»

E il centurione con la barba gli disse:

«Bevi.»

E Jeshua rispose:

«Sì, sì, da bere.»

Protese le labbra screpolate e tumefatte verso la spugna intrisa e, inghiottendo avidamente, si mise a succhiarla. In quello stesso momento le sottili fessure si ingrandirono e si intravidero un poco gli occhi. E quegli occhi diventavano ogni istante più vivi. E in quel momento il centurione, afferrata la spugna con destrezza, e dopo avere sussurrato impetuosamente:

«Glorifica il magnanimo egemone» punse leggermente Jeshua sul fianco, sotto l'ascella sinistra.

Una voce roca dalla croce di destra disse:

«Canaglia. Ponzio fa favoritismi?»

Il centurione rispose con dignità:

«Taci. Sulla croce non si può parlare.»

E Jeshua, appeso per i tendini, proferì:

«Grazie, Pilato... Lo dicevo che sei buono...»

Gli occhi cominciarono a offuscarsi. In quel momento dalla croce di sinistra si sentì:

«Ehi, compare! Ehi, Jeshua! Ascolta! Tu sei un uomo

grande.

Perché un'ingiustizia del genere? Eh? Sei un bandito, come sono un bandito io... Chiedi al centurione che rompano anche a me gli stinchi... Anch'io voglio morire con dolcezza... Eh, non sente... È morto!...»

Ma Jeshua non era ancora morto. Aprì le palpebre e volse la testa nella direzione dell'uomo che lo supplicava.

«Chiedi subito» disse con la voce roca «che lo facciano anche all'altro, se no non lo farò...»

Il supplicante si girò quanto glielo consentivano i chiodi e gridò:

«Sì, sì! Anche lui! Non dimenticarlo!»

A questo punto Jeshua scollò del tutto gli occhi, e il bandito di sinistra vi vide la luce.

«Vi prometto che ora giungerà a cavallo. Abbi pazienza, ora verrete tutti e due con me» proferì Gesù.

Il sangue smise d'un tratto di sgorgare dal fianco trafitto, la coscienza in lui cominciò presto a ottenebrarsi. Una nuvola nera cominciò a offuscargli il cervello. Una nuvola nera cominciava a oscurare anche i dintorni di Jershaiaim. Veniva da oriente ed era già squarciata da lampi e fulmini, mentre a occidente il falò bruciava ancora e si vedeva in alto un piccolo cavallo nero che veniva a briglia sciolta da Jershalaim verso il Cranio[22] e che vi cavalcava sopra

---

[22] Cranio o Cranio calvo è il Golgota, che in aramaico significa appunto "cranio". Tra gli appunti di Bulgàkov è scritto: "Monte Calvo, Cranio, a nordovest di Jershalaim. Lo considereremo a una distanza di dieci stadi da Jershalaim. Stadio! Duecento stadi

un altro aiutante di campo.

L'uomo crocifisso a sinistra lo vide ed emise un grido vittorioso, esultante:

«Jeshua! Sta arrivando!»

Ma Jeshua non poteva più rispondergli. Si era afflosciato del tutto, la testa gli era caduta di fianco, ancora una volta inspirò l'ultima aria terrena, proferì ormai molto debolmente:

« Tetélesthai.»[23]

E morì.

Ed era l'ora ottava, stimatissimo Ivàn Nikolàevlič[24].

---

corrispondono a trentasei chilometri".

[23] Panta tetélesthai, Tutto si è compiuto (Giovanni 19, 30). Nell'originale di Bulgàkov però si legge Teteleotam, probabilmente a causa di un errore di lettura di alcuni caratteri greci.

[24] 22 Ivàn Nikolàevič, Ivànuška, è uno dei protagonisti del romanzo che

nelle varie stesure si chiama Popòv, Ponyrëv, Puškarëv, Peškin, Bezdòmnyj [senza casa], Bezròdnyj [figlio di nessuno], Besprizòrnyj [vagabondo], Pokìnutyj [abbandonato]. Tra queste varianti, nel Maestro e Margherita viene scelta "Bezdòmnyj".

La sesta prova[25]

Agli stagni Patriaršie era l'ora ottava. Le finestre dell'ultimo piano nella Brònnaâ[26], che un attimo prima erano ancora in fiamme, d'un tratto si annerirono e scomparvero.

Ivànuška sbuffò, si guardò intorno e vide che non era seduto su una panchina, ma in mezzo a un vialetto, con le gambe piegate alla turca, e accanto a lui c'erano i cani capeggiati da Bimka e osservavano attentamente l'ingegnere. Con l'ingegnere sulla panchina aveva preso posto Berlioz[27].

"Com'è che sono finito sul vialetto?" pensò indispettito Ivànuška. Si alzò, si scosse la polvere dai pantaloni e si sedette sulla panchina, confuso.

Berlioz osservava, senza distogliere gli occhi socchiusi dall'ingegnere.

«Mmmh, già» disse infine Berlioz lanciando un'occhiata indagatrice al proprio vicino. «Mmmh, già...»

«Mmmh, già, hm» echeggiò enigmaticamente anche Ivànuška. Poi tacque per un po' e aggiunse:

---

[25] In seguito il titolo del capitolo diventa "La settima prova"

[26] La Bol'šaâ Brònnaâ e la Màlaâ Brònnaâ sono due vie di Mosca.

[27] In questa e in altre stesure del romanzo Berlioz viene chiamato anche Mircev, Krickij, Cyganskij, Cajkovskij... Michail Âkovlevič, Antòn Antònovič, Antòn Mirònovič, Vladimir Antònovič, Mark Antònovič, Boris Petròvič, Grigòrij Aleksàndrovič, ecc.

«E che ne è stato di Giuda?»

«E molto gentile, da parte sua, a interessarsene» rispose l'ingegnere e fece un sorrisetto. «All'ora in cui la nuvola copriva ormai mezza Jershalaim e le palme si erano messe a ondeggiare agitando convulsamente le chiome, Pilato si trovava sul terrazzo con il colletto aperto e la testa protesa. Il vento gli soffiava nelle labbra, e questo gli dava sollievo. Il viso di Pilato assomigliava al viso di una persona che avesse passato tutta la notte in un'osteria di quart'ordine. Aveva grandi borse sotto agli occhi e le labbra screpolate e gonfie. Davanti a Pilato, sul tavolo, c'era una coppa di vino rosso, e ai piedi aveva una pozza di quello stesso vino. Quando gli avevano mesciuto la prima coppa, Pilato l'aveva meccanicamente rovesciata in faccia al servo, dicendo con durezza:

«Guarda in faccia quando mesci... Dove scappi con gli occhi? Non hai rubato niente, no?»

Sulle ginocchia di Pilato era sdraiato il suo cane preferito, il giallo cane da caccia Banga[28], col collare cesellato con uno smeraldo verde. Pilato si era messo la testa di Banga sul petto e Banga leccava la nuda pelle dell'amico con la lingua arsa nell'imminenza del temporale.

All'interno del palazzo regnava un silenzio di tomba, e fuori si sentiva il rumore del vento. A volte si vedevano nuvole di polvere alzarsi improvvisamente sopra ai tetti piatti di Jershalaim, distesa ai piedi di Pilato.

«Marco!» chiamò Pilato debolmente.

---

[28] L. E. Belozerskaâ nelle sue memorie scrive che si chiamava Banga il cane dei Bulgàkov.

Uscendo da dietro la colonna in punta di piedi, ma facendo ugualmente scricchiolare gli stivali, il centurione si avvicinò, e Pilato vide che il pettine del suo copricapo giungeva all'altezza dei capitelli della colonna.

«Allora, lui a che punto è?» domandò Pilato.

«Ormai lo stanno portando» rispose Marco.

«Ecco» disse Pilato sbuffando «voi siete un uomo così grande.

Molto grande. E però storpiate le persone sotto giudizio. Le battete. Le picchiate con gli stivali. Comunque... certo... è il vostro compito. Avete un brutto compito, Marco.»

Marco lanciò un'occhiata a Pilato con uno sguardo da bulldog, e in quegli occhi c'era l'offesa.

Poi, sentendo un rumore di passi dietro di sé, il centurione si scostò. Pilato si animò molto. Dietro a Marco spuntò una piccola figura con il mantello militare e il cappuccio calcato sul viso.

«Andate, Marco, fate la guardia» disse Pilato concitato. Marco uscì, la figura si liberò con cura del mantello e si vide che era un uomo sulla cinquantina, tarchiato, senza barba, canuto, ma con il viso molto roseo, le guanciotte paffute, gli occhi belli. Dopo avere posato con cura il mantello su una poltrona, la figura si inchinò a Pilato e si sfregò le mani. Non era la prima volta che al procuratore capitava di vedere quell'omettino canuto ma, ogni volta che questi andava a trovarlo, il procuratore scostava la sedia, per allontanarsene un po', e mentre chiacchieravano non guardava l'interlocutore, ma una cornacchia fuori dalla finestra. Quel giorno invece Pilato si rallegrò della

visita di quell'uomo come fosse suo fratello, si protese
perfino verso di lui.

«Salve, Tolmaj[29], caro» disse Pilato «salute. Sedetevi.»

«Vi ringrazio, procuratore» rispose con voce
gradevole Tolmai, e si sedette sul bordo della
poltrona, continuando a sfregare le piccole mani
bianche, pulite.

«Allora, carissimo Tolmaj, come sta la vostra
famiglia?» cominciò a domandare con molto interesse
e sincerità Pilato.

«Bene, grazie» rispose gradevolmente Tolmaj.

«Alla legione niente di nuovo?»

«Niente, procuratore, niente. Un ladruncolo.»

«Grazie a Dio...»

D'un tratto sulla terrazza il vento si mise a tuonare,
piegò le palme, squarciò il cielo da un capo all'altro
con uno zigzag obliquo accecante e di colpo lanciò
uno spruzzo in faccia a Pilato.

Divenne buio. Pilato si alzò, si appoggiò alla
balaustrata e volse lo sguardo lontano. Ma non poteva
vedere più nulla. In lontananza si vedeva il colle, ma
su di esso diluviava obliquamente e non esisteva
nessun movimento. Le piccole crocette nere che per
tutto il giorno erano state sotto gli occhi di Pilato
erano scomparse senza lasciare traccia. Vi fu un
lampo di luce violetta, tanto che sulla terrazza furono
visibili anche i più minuti granelli di polvere. A Pilato
sembrò di vedere un minuscolo omettino nero
solitario arrampicarsi su per il colle. Ma l'esplosione si
estinse, si confuse tutto. Nel cielo sopra a Jershalaim
vi fu un boato di una pesantezza terribile e d'un tratto

---

[29] Nelle ultime stesure diventa Afranio.

presero a cadere sui tetti noci di ferro.

Sopra al colle la pioggia ormai gorgogliava, batteva e scrosciava. I tre cadaveri nudi ormai nuotavano nel torbido turbinare dell'acqua. Erano sospinti. E sull'indifeso Cranio Calvo effettivamente c'era un uomo furioso bagnato fino alle ossa che strisciava, scivolando e cadendo ogni secondo, tutto sporco di argilla vischiosa, e che con la mano sinistra si afferrava alle rocce sporgenti e non scostava mai la destra dal grembo, dove teneva un taccuino. Ma da Jershalaim quell'uomo non era assolutamente visibile. Tutta la zona era avvolta nel temporale.

I legionari tirarono una tenda sulla terrazza e Pilato e Tolmaj conversarono nel fracasso della pioggia. Di tanto in tanto i loro visi venivano illuminati da una luce tremolante, poi risprofondavano nelle tenebre.

«Tolmaj, sono venuto a sapere una cosa» disse Pilato accorgendosi che al rumore del fulmine faceva meno fatica a conversare «che nel sinedrio c'è un investigatore meraviglioso. Eh?»

«Come no» disse Tolmaj.

«Giuda...»

«Iscariota» concluse Tolmaj.

«Dicono che sia un ragazzo giovane.»

«Non è vecchio» disse Tolmaj «ha ventitré anni.»

«Mi avevano detto che ne ha diciannove...»

«Ventitré anni e tre mesi» disse Tolmaj.

«Siete un uomo straordinario, Tolmaj.»

«Vi ringrazio, procuratore» disse Tolmaj.

«Dove abita?»

«Me ne sono dimenticato, procuratore, mi devo informare.»

«È davvero il caso?» disse dolcemente Pilato. «Basta che facciate uno sforzo di memoria.»

Tolmaj fece uno sforzo di memoria, che si espresse nel fatto che alzò gli occhi verso la tenda gonfia e disse:

«Nel vicolo dell'Oro al numero nove.»

«Dicono che il ragazzo si comporti bene. E vero?»

«E un ragazzo a posto.»

«Bene. Allora a suo carico non c'è nessun crimine?»

«No, procuratore, nessuno» rispose amabilmente Tolmaj.

«Bene... Sapete, il fatto è che sono preoccupato del suo destino.

«Capisco» disse Tolmaj.

«Dicono che Caifa gli abbia dato dei soldi.»

[Mancano tre fogli.]

Pilato si tolse un anello dal dito, lo posò sul tavolo e disse:

«Prendetelo come ricordo, Tolmaj.»

E quando ormai tutta la città si era addormentata, ai piedi del palazzo di Erode[30], sulla terrazza, al crepuscolo, un uomo dormiva su una branda abbracciato a un cane.

Le palme si stagliavano nere e il marmo era celeste sotto la luna.

«Ecco che cosa accadde a Giuda Iscariota, Ivàn Nikolàevič» concluse lo sconosciuto.

---

[30] Palazzo costruito da Erode il Grande al confine occidentale di Gerusalemme. Era anche una grande fortezza.

«Uhu» disse Ivànuška.

«Devo dirle» cominciò Vladimir Mirònovič «che le sue conoscenze teologiche non sono male. L'unica cosa che non capisco è da dove abbia tratto tutte queste informazioni.»

«Be', così...» rispose indefinitamente l'ingegnere muovendo le sopracciglia.

«E a quanto vedo lei lo ama» disse Vladimir Mirònovič socchiudendo gli occhi.

«Chi?»

«Gesù.»

«Io?» domandò lo sconosciuto e tossicchiò «hmm... hmm» ma non rispose nulla.

«Però, sa, nei Vangeli tutta questa leggenda viene raccontata in modo assai diverso» disse Berlioz continuando a non distogliere lo sguardo e a tenere gli occhi socchiusi.

L'ingegnere sorrise.

«Mi vuole offendere» rispose. «E persino ridicolo parlare dei Vangeli, dal momento che gliel'ho raccontato io. Io ho visto meglio. »

I due scrittori ripresero a fissare l'ingegnere.

«Allora perché non lo scrive lei, il Vangelo?» suggerì malignamente Ivànuška.

Lo sconosciuto scoppiò allegramente a ridere e rispose:

«Che idea brillante! Non mi era mai venuta in mente. Il Vangelo secondo me, hi hi...»

«Fra l'altro, alcuni capitoli del suo Vangelo li pubblicherei nella mia rivista "Contro Dio"[31] disse

---

[31] Non esisteva un giornale con questo titolo («Bogoborec»), ma l'Unione degli atei militanti,

Vladimir Mirònovič «naturalmente a patto di fare qualche correzione.»

«Considererei una fortuna essere suo collaboratore» disse cortesemente lo sconosciuto «ma il direttore verrà cambiato improvvisamente. Lo sa il diavolo chi nomineranno. Un qualche cretino o una persona antipatica...»

«Lei fa continuamente profezie esagerate quando parla» rilevò Berlioz alquanto indispettito «dà l'impressione di conoscere non soltanto il passato remoto, ma anche il futuro.»

«Per chi conosce bene il passato, predire il futuro non costituisce una particolare fatica» disse l'ingegnere.

«E lei lo conosce?»

«In una certa misura. Per esempio so chi andrà ad abitare nel suo appartamento.»

«Come sarebbe? Per il momento ci abiterò io!»

"È russo, è russo, non è pazzo" cominciò d'un tratto a ronzare in testa a Berlioz "non capisco perché mi sia sembrato che parlasse con un accento. Che cosa fa, insomma, cos'è che racconta?"

«Il sole nella prima casa» borbottò l'ingegnere con gli occhi socchiusi e osservando Berlioz con la mano a visiera come un coscritto alla commissione reclutamento «Mercurio nella seconda, la luna è andata via dalla quinta casa, sei disgrazia, sera sette, una persona a letto malata. Ohi! Che assurdità ne viene fuori,

---

costituitasi nel 1925, aveva edizioni periodiche come «L'ateo», «L'antireligioso», «Ateismo militante», «L'ateo al posto di combattimento», «L'ateo di campagna», «Giovani atei», ecc.

Vladimir Mirònovič!»

«Sì?» domandò Berlioz.

«Già...» rispose l'ingegnere ridacchiando con vergogna «viene fuori che lei verrà squartato.»

«E davvero assurdo» disse Berlioz.

«E secondo lei che cosa le succederà?» domandò stizzoso l'ingegnere.

«Finirò all'inferno, nel fuoco» disse Berlioz sorridendo e a tono con l'ingegnere «mi bruceranno nel crematorio.»

«Scommetto una libbra di cioccolato che non succederà» propose ridendo l'ingegnere «anzi, al contrario: finirà nell'acqua.»

«Affogherò?» domandò Berlioz.

«No» disse l'ingegnere.

«Oh, è una faccenda oscura» disse dubitabondo Berlioz.

«E io?» domandò tetro Ivànuška.

A questi l'ingegnere non lanciò nemmeno un'occhiata e rispose così:

«Saturno nella prima. Terra. Attenzione alla mania furibunda.»

«E che cosa sarebbe la mania furibunda?»

«Lo sa il diavolo» rispose l'ingegnere «lo chieda al dottore.»

«Dica, per favore» domandò in modo inatteso Berlioz «secondo lei allora il grido "crocifiggetelo!" non c'è stato?»

L'ingegnere sorrise con condiscendenza:

«Sulle labbra di una dattilografa della VSNH una domanda del genere ce la si potrebbe anche aspettare, ma sulle sue!... Perdonate! Vorrei proprio vedere in che modo una folla potrebbe intervenire in un processo intentato da un procuratore, e per di più da uno come Pilato! Lasci infine che le faccia un paragone. È

in corso un processo al tribunale rivoluzionario in viale Prečistenskij, e improvvisamente, se l'immagini, il pubblico comincia a urlare: "Fucilatelo, fucilatelo!". Allontanerebbero subito il pubblico dalla sala del processo, e basta. E poi perché dovrebbe mettersi a urlare? Per il pubblico è proprio lo stesso se qualcuno viene impiccato o invece fucilato. La folla, Vladimir Miрònovič, in tutti i tempi resta una folla, una plebaglia!»

«Senta una cosa, signor teologo!» si intromise bruscamente Ivànuška. «Usi dei toni più pacati, oh insomma, la finisca con la maleducazione! Cos'è 'sta parola "plebaglia"? La folla è costituita dal proletariato, mosié!»[32]

Dopo avere lanciato un'occhiata di grande curiosità a Ivànuška, nel momento in cui pronunciava la parola "maleducazione" l'ingegnere non entrò comunque in conflitto ma rispose con scherzosa smanceria:

«Come quando, come quando...»

«Le dispiace aspettare un momento?» domandò d'un tratto Ivànuška cupo all'ingegnere. «Devo dire due parole al mio compagno.»

«Prego! Prego!» rispose lo straniero cortesemente. «Non ho fretta. »

Ivànuška disse:

«Volodâ...»

E si misero in disparte.

---

[32] Monsieur.

«Sai cosa, Volod'ka» sussurrò Ivànuška, facendo finta di farsi accendere la sigaretta da Berlioz «chiedigli i documenti, adesso...»

«Dici che?...» bisbigliò Berlioz.

«Ma sì, per me vuol fare il furbo! Guarda il vestito... Per me è un emigrante, un bianco... Secondo me, Volod'ka, questa storia puzza di ghepeù... E una spia...»

Tutto quello che aveva bisbigliato Ivànuška in verità era stupido. Non c'era nessun odore di GPU, e c'era da domandarsi perché, per fare quattro chiacchiere a proposito di Cristo con una persona incontrata per caso ai Patriaršie, fosse così assolutamente indispensabile chiederle i documenti. Ciònondimeno a Vladimir Mirònovič, per un attimo, gli occhi diventarono freddi e cattivi e lanciò di sfuggita uno sguardo furtivo per convincersi che l'ingegnere non se la fosse data a gambe. Ma la figura grigia era là sulla panchina. Il comportamento dell'ingegnere comunque era oltremodo strano.

«Va bene» sussurrò Berlioz e il suo viso invecchiò.

Gli amici tornarono alla panchina e là subito Vladimir Mirònovič fu preso dallo stupore.

Lo sconosciuto era in piedi accanto alla panchina e teneva nella mano protesa un biglietto da visita.

«Perdonate la mia distrazione, stimatissimo Vladimir Mirònovič. Trascinato dalla conversazione mi sono completamente dimenticato di presentarmi» disse lo sconosciuto con un'inflessione.

Vladimir Mirònovič si confuse e arrossì.

«Riverisco» disse lo sconosciuto ed es[trasse il biglietto da visita].

Berlioz, turbato, e Ivànuška videro sul biglietto da visita le parole: "D-r Theodor Voland"[33].

"Un biglietto da visita borghese" fece in tempo a pensare Ivànuška.

«Ho in tasca il passaporto» aggiunse il dottor Voland mettendo via il biglietto «che lo conferma.»

«Lei è tedesco?» domandò Berlioz con il viso paonazzo.

«Io? Sì, tedesco! Proprio tedesco!» esclamò il tedesco con tanta gioia come se venisse a sapere per la prima volta da Berlioz di che nazionalità fosse.

«E ingegnere?» continuò l'interrogatorio Berlioz.

«Sì! Sì! Sì!» confermò l'ingegnere. «Sono consulente.»

Il viso di Ivànuška assunse un'espressione a metà tra lo stupidotto e il confuso.

«Ho ricefuto un infito» spiegò l'ingegnere, pronunciando sempre peggio «ho orcanizzato tutto...»

«A-a...» disse Berlioz molto cortese e rispettoso «mi fa molto piacere. Lei sarà specialista in metallurgia.»

«No-o» il tedesco scosse la testa «in maghia pianca!»

I due scrittori, che erano in piedi, si sedettero entrambi sulla panchina, mentre il tedesco rimase in piedi.

«Un funzionario ha fatto una grante confuzione, grante confuzione» continuò il tedesco...

«Come?!» esclamò Berlioz.

"Perbaccolina!" pensò Ivàn.

«Mi scusi... e l'hanno invitata da noi per questa sua specializzazione?»

«Sì, sì, infitato» qui i due amici sentirono ancora che il professore parlava con un fortissimo accento tedesco

---

[33] Nelle stesure successive il cognome diventa Woland.

«qui alla piplioteca statale c'è un crandissimo reparto di libri fecchi, di maghia e
di demonologhia, e mi hanno infitato come specialista unico al monto. Fogliono riortinare, fendere...»
«Aah, lei è uno storico!»
«Sono uno storico» confermò contento il professore «mi piacciono molto tutte le storie. Ridicole. Anche oggi ai ci sarà una storia ridicola...»
Si mise a saltellare con Cristo facendo numeri assurdi con le gambe e agitando le braccia. I cani si misero in agitazione, si misero ad abbaiare agitati contro di lui...
«Ecco, il boccale è stato riempito... chiede un brindisi alla salute...» cantava l'ingegnere e d'un tratto...
«Lei invece, stimatissimo Iuàn Nikolàevič» disse di nuovo l'ingegnere «crede fermamente in Cristo.» Il suo tono divenne severo, l'accento diminuì.
«E cominciata la magia bianca» borbottò Ivànuška.
«E indispensabile essere coerenti» rispose il consulente. «Sia gentile» disse lusinghiero «calpesti questo ritratto» indicò con un dito teso l'immagine di Cristo sulla sabbia.
«È davvero strano» disse pallido Berlioz.
«Ma io non voglio!» si ribellò Ivànuška.
«Ha paura» disse in breve Voland.
«Non ci penso nemmeno!»
«Ha paura!»
Ivànuška, confuso, osservò il proprio amico e protettore.
Questi appoggiò Ivànuška:
«Abbia pazienza, dottore, lui non crede affatto in Cristo, ma è infantilmente assurdo dimostrare la propria assenza di fede con questi mezzi!»

«Allora ecco!» disse severo l'ingegnere e aggrottò le sopracciglia. «Mi consenta di dichiararle, signor Bezdomnyj, che lei è uno sporco bugiardo! Sì, sì! E non c'è nessun motivo di sgranare i fanali in quel modo!»

Il tono dell'ingegnere era divenuto così improvvisamente sfacciato, così strano che ai due amici per un momento si legò la lingua. Ivànuška aveva gli occhi di fuori. In teoria avrebbe potuto mollare immediatamente un ceffone all'interlocutore, ma i russi non solo sono impertinenti, ma anche fifoni.

«Sì, sì, sì, e non c'è niente da strabuzzare gli occhi» continuò Voland «e non era nemmeno il caso di menare la lingua, caro mio» gridò lui arrabbiato, passando in modo assolutamente incomprensibile dall'accento tedesco a quello del mar Nero «sei un fanfarone, bello mio. E anche teoclasta e antireligioso. Come fai a fare la predica ai mužikì?! I mužikì vogliono una propaganda forte, immediata, quattro e quattr'otto! Che razza di propagandista sei! Intellettuale! Ah, se soltanto i miei occhi potessero non vedere!»

Ivànuška avrebbe potuto sopportare tutto, ma non l'ultima accusa. L'ira gli si dipinse in viso.

«Un intellettuale, io?!» si batté in petto con entrambe le mani.

«Un intellettuale, io» si mise a gracchiare stravolto come se Voland gli avesse dato perlomeno del figlio di puttana. «Allora guarda!!» Ivànuška si slanciò verso il disegno.

«Fermo!!» esclamò il consulente con voce tonante.

«Fermo!»

Ivànuška rimase impietrito.

«Dopo il mio Vangelo, dopo quello che ho raccontato di Jeshua, possibile che lei, Vladimir Mirònovič, non fermi questo giovane folle?! E voi» l'ingegnere si rivolse al cielo «avete sentito che ho raccontato la verità?! Sì!» e il dito proteso dell'ingegnere indicò il cielo. «Fermatelo! Fermatelo!! Siete voi il superiore!»

«E tutto così stupido!!» gridò a sua volta Berlioz «che ormai mi gira la testa! Io non starò certo né a incoraggiarlo né a frenarlo!»

E lo stivale di Ivànuška di nuovo prese il volo, si sentì un trapestio e Cristo volò via nel vento con una polvere grigia.

Ed era l'ora nona.

«Ecco!» gridò maligno Ivànuška.

«Ah!» esclamò Voland coprendosi vezzosamente gli occhi con la mano e poi, fattosi straordinariamente preoccupato, aggiunse tranquillizzato: «Ecco, è tutto a posto, e la Moira figlia della notte ha teso la sua tela».

«Arrivederci dottore» disse Vladimir Mirònovič «è ora che vada.» Intanto cercò di farsi venire in mente il telefono della RKI...

«Stia bene, signor Berlioz» rispose Voland e si inchinò cortesemente. «Porti i miei ossequi!» E fece un gesto indefinito con la mano. «Già, a proposito, Vladimir Mirònovič, la vostra rispettabile madre...»

"E strano. Però è strano" pensava Berlioz "come fa a sapere...

Che strana conversazione... Be', comunque, prima di tutto il telefono... "

Dopo avere dato un'altra occhiata assurda al pazzo,

Berlioz cominciò ad allontanarsi.

«Magari desidera che mandi un telegramma a sua madre?» gli

gridò dietro l'ingegnere. «Qui vicino c'è un telegrafo, sulla Sadòvaâ[34]. Faccio un salto, eh?»

Vladimir Mirònovič si voltò in corsa e gridò a Ivànuška:

«Ivàn, non fare tardi alla riunione! Alle nove e mezzo in punto!»

«k Va bene, faccio un salto a casa» rispose Ivànuška.

«Ascolti! Ehi!» gridò Voland mettendo le mani a megafono intorno alla bocca. «Mi sono dimenticato di dirle che c'è anche una sesta prova, che le verrà presentata fra poco!...»

Ma Berlioz non ascoltò...

Ai il tramonto infuocato aveva già issato piacevolmente le sue vele dalle ali dorate e i corvi vi facevano il bagno,

sopra i tigli, prima di addormentarsi. Il laghetto divenne enigmatico, avvolto nell'ombra. I cani, con a capo Bimka, d'un tratto si misero in fila e corsero senza fretta dietro a Vladimir Mirònovič. Bimka inaspettatamente raggiunse Berlioz, gli si mise davanti e, procedendo all'indietro, gli abbaiò contro alcune volte.

Si vide che Vladimir Mirònovič gli fece dei gesti minacciosi, perché Bimka si ritrasse in disparte con la coda tra le zampe e mugolò offeso.

«Nemmeno gli dei riescono a redimere una persona a loro cara!...» proruppe improvvisamente in versi il

---

[34] Via di Mosca (Bol'šàâ Sadòvaâ) in cui, nelle stesure successive, abita Woland.

pazzo, in una posa solenne, con la mano alzata al cielo.

«Be', devo scappare» disse Ivànuška «se no farò tardi alla riunione.»

«Non si affretti, carissimo» proferì l'ingegnere con voce possente, cambiando improvvisamente e recisamente per l'ultima volta «le giuro sull'orlo della vecchia ruffiana[35] che la riunione non si terrà, e la serata è meravigliosa. Dai mondezzai viene odore di marcio, sente il fetore vitale del cavolo marcio? I cittadini cuociono il ragù... Stia qui con me...»

E fece il tentativo di abbracciare Ivànuška intorno alla vita.

«Ìvfa che fa, perdio!» reagì impaziente Ivànuška e diede anche una sgomitata, salvandosi dalla tenerezza molesta dell'ingegnere. Lui si mosse in fretta e se ne andò.

Un lungo suono crescente si innalzò nell'aria, e subito da dietro l'angolo di una casa dalla Sadòvaâ verso la Brònnaâ sopraggiunse un tram. Volava e oscillava, come ubriaco, sculettava e si abbassava, i vetri tintinnavano e sopra il trolley saettavano lampi verdi.

Vicino alla porta girevole che immetteva nella Brònnaâ improvvisamente si illuminò di luce ansiosa un cartello su cui lampeggiavano le parole: "Attenti al tram!!"

«Assurdo!» disse Voland «un congegno inutile, Ivàn Nikolàevič, non si sono ancora dati casi in cui qualcuno che doveva per forza finirci sotto sia stato

---

[35] Espressione tipicamente bulgakoviana. "Ruffiana" si riferisce alla "stregoneria" di Voland, ossia alla progenie satanica.

attento al tram!»

Il tram passò sulla Brònnaâ. Sulla piattaforma posteriore c'era Pilato, in mantello e sandali, e teneva in mano una cartella.

"Che simpaticone questo Pilato" pensava Ivànuška "pseudonimo di Varlaam Sobakin..."[36]

Ivànuška si calcò il berretto sulla nuca, tirò fuori la camicia, appena diede un colpo con gli stivali, spostò il mantice della fisarmonica da settecento rubli, la riempì d'aria e intonò:

Com'è andato Ponzio Pilato a lavorare al commissariato

Trallallà, trallallà!

«Trrr!...» risuonò un fischietto. Si sentì una voce severa:

«Signore! E vietato cantare sotto le palme. Non è per questo che le hanno piantate.»

«Veramente. Non le avevo proprio viste, le palme» disse Ivànuška. «Che vadano al diavolo. Ho voglia di sedermi sul sagrato di San Basilio...»

IvànuŠka si incamminò verso il sagrato. E si sedette, Ivànuška, tra lo sferragliare delle catene e dalla basilica

---

[36] Nella lettera che Ivàn il Terribile scrisse alla confraternita di Kozmà, del monastero Kirillo-Belozerskij, contro la clamorosa infrazione della legge da parte dei boiari invitati al monastero, vi sono le parole: "Avete un'Anna e un Caifa, Šeremetev e Habarov, e avete un Pilato, Varlaam Sobakin, e avete Cristo crocifisso, disprezzato e I. Šeremetev e I. Habarov erano capace di profezie e miracoli". boiari caduti in disgrazia, Varlaam era il boiaro Vasilij Stepànovič Sobakin.

uscì un terribile peccatore, per metà zar e per metà giugno[37]. Nella mano tremante teneva un pastorale, con la cui punta acuminata picchiava sulle lastre. Le campane suonavano. C'era il disgelo.

«Sono vergognose le tue gesta, zar» gli disse severo Ivànuška «crudele e inumano, bevi le coppe funeste che ti promette il diavolo, monaco malizioso. Dammi un soldo, zar Ivànuška, pregherò per te.»

Gli rispose lo zar in lacrime:

«Perché spaventi lo zar, Ivànuška. Eccoti un soldo, Ivànuška incatenato, uomo di Dio, prega per me!»

E risuonarono i soldi di bronzo nella coppa di legno.

Tutto si mise a girare nella testa di Ivànuška e San Basilio se ne andò sotto terra. Ivàn si ritrovò sull'erba, al crepuscolo, agli stagni Patriaršie e scomparvero le palme, e al loro posto gli inquieti addetti del MKH avevano già piantato dei tigli.

«Ahi!» disse lamentosamente Ivànuška. «Mi sembra di essere impazzito! Ohi, è la fine...»

Scoppiò a piangere, poi d'un tratto balzò in piedi.

«Dov'è?» gridò fortissimo Ivànuška. «Tenetelo, gente! È malvagio! È malvagio! Mordilo, mordilo, mordilo, Banga, Banga!»

Ma Banga era sparito.

All'angolo di via Ermolàev d'un tratto si accese un lampione che illuminò la via, e alla sua luce Ivànuška vide Voland che se ne andava.

«Fermati!» gridò Ivànuška e con un balzo si gettò al di là della cancellata lanciandosi all'inseguimento.

Assai distintamente vide che Voland si voltò e gli

---

[37] Ivàn Vasìl'evič Groznyj (1530-1584), detto il Terribile, dal 1533 gran principe, dal 1547 zar.

mostrò il dito medio. Ivànuška accelerò e di colpo si trovò alle porte Mâsnickie, all'ufficio postale. L'orologio d'oro infuocato mostrava a Ivànuška che erano le nove e mezzo. In quello stesso momento il viso di Voland spuntò dalla finestra del telegrafo. Con un urlo,

IvànuSka si scagliò verso la porta, girò nella porta girevole di vetro e corse in vicolo Savel'ev sulla Ostoženka: là vide Voland.

Questi, dopo avere salutato una signora, entrò nell'ingresso.

Ivànuška spinse la porta dietro di lui ed entrò nel vestibolo. Il portiere uscì da sotto la scala e disse:

«Avete fatto male a venire, conte. Nikolàj Nikolàevič è andato a giocare a scacchi da Borâ. Con sua eccellenza a prendere il tè... Andranno tutti i mercoledì.»

E si tolse il berretto con il gallone.

«Ti fucilo!» urlò Ivànuška. «Togliti di mezzo, arameo!»

Volò al primo piano e un rumore diffuso riempiva tutto l'appartamento. La porta fu subito aperta da un autosufficiente bambino di cinque anni. Ivànuška si precipitò in anticamera, vide un cappello di castoro sull'attaccapanni, si meravigliò (perché d'estate un cappello di castoro?), corse in corridoio verso la porta del bagno, la tirò, ma era chiuso, la tirò più forte e ruppe il gancio, vide nella vasca una signora completamente nuda con una croce d'oro sul petto e una spugna in mano. La signora si meravigliò tanto che non gridò nemmeno e disse:

«Lasci perdere, Petrùs', non siamo soli in casa e Pàvel Dmìtrievič ritornerà fra poco.»

«Canaglia, canaglia» le rispose Ivànuška e corse fuori

in piazza Kalančevskaâ. Molto avanti vide ancora Voland. Questi si infilò nell'ingresso di una casa originale.

"Così non lo prendo" pensò Ivànuška; prese pietre da un mucchio e si mise a lanciarle verso il portone. Un attimo dopo si ritrovò tremante in braccio a un portiere dall'aria satanica.

«Ah, tu, brutto ceffo borghese» disse il portiere schiacciandogli le costole «questa è una cooperativa, sono case proletarie. Finestre a specchio, maniglie d'ottone, parquet» e si mise a picchiarlo, senza fretta e con dolcezza.

«Picchia, picchia!» disse Ivànuška. «Picchia, ma ricordati!

Non te la stai prendendo con un ceffo borghese, ma con uno proletario. Sto rincorrendo un ingegnere, lo voglio portare alla GPU.»

Alla parola GPU il portiere lasciò andare Ivànuška, si mise in ginocchio e disse:

«Scusami, in nome di Cristo crocifisso davanti a Ponzio Pilato. Ci siamo confusi sulla Kalančevskaâ, abbiamo picchiato la persona sbagliata...»

Dopo essersi strappato alcuni peli della sua barba, Ivànuška si mise a correre e giunse al lungofiume della basilica di Cristo Salvatore. Un piacevole fetore si alzava dalla Moscova insieme con la nebbia. Ivànuška vide alcuni uomini. Si erano tolti i pantaloni e stavano seduti sulla ghiaia. Per compagnia anche Ivànuška si tolse le scarpe, le calze, la camicia e i pantaloni. Poi si sedette e si mise a piangere, e intanto accanto a lui gli uomini si erano buttati in acqua e nuotavano, sbuffando per il piacere. Quando ebbe finito di piangere, Ivànuška si alzò e vide che i suoi calzini, le scarpe, i pantaloni e la camicia non c'erano.

"Li hanno rubati" pensò Ivànuška "e in fretta, senza farsi notare..."

In quel momento sopra la basilica si accese una stella, e Ivànuška girovagava per il lungofiume con addosso soltanto la biancheria, cantando ad alta voce:

Nel mio giardino cresce la maggiorana...
Mi sono innamorata di un figlio di puttana!

In quel momento a Mosca, in tutti i vicoli, suonavano balalaike e fisarmoniche, di tanto in tanto fischiavano anche i fischietti, le finestre erano aperte e all'interno erano accesi abat-jour arancione...

«Sono pronto» disse una voce di basso.

Accadde al Griboedov[38]

La sera di quel terribile sabato 14 giugno 1943[39], mentre il sole spento tramontava dietro la Sadòvaâ e ai Patriaršie il sangue dello sventurato Antòn Antònovič si mescolava con l'olio sulla ghiaia, il ristorante degli scrittori, La capanna di Griboedov, era stracolmo.

Perché questo strano nome? Ecco di che cosa si trattava: quando il numero degli scrittori dell'Unione, che cresceva continuamente di anno di anno, giunse infine alla terrificante cifra di 5011 persone, di cui 5004 vivevano a Mosca e 7 a Leningrado, l'ente responsabile, preoccupato del destino dei servitori delle muse, aveva dato loro un edificio.

Questo edificio era situato in fondo a un cortile, dietro a un giardino e, stando alle parole del prosatore Poplavkòv, un tempo era appartenuto forse a una zia di Griboedov, o forse vi aveva vissuto una nipote dell'autore della famosa commedia[40].

---

[38] Delo bylo v Griboédove. In seguito, Bylo delo v Griboédove.

[39] Nella stesura successiva (vedi qui di seguito "Variante al capitolo 3") l'anno diventa il 1945. Ora nel 1943, ora nel 1945 Bulgàkov s'immaginava, nel romanzo, l'incendio di Mosca. A tale riguardo, nei suoi quaderni di appunti, si legge questa annotazione: "Nostradamus Michele,
nato nel 1503. La fine del mondo nel 1943".

[40] Aleksàndr Sergéevič Griboedov (1795-1829), scrittore romantico, autore della celebre commedia

Avverto in anticipo che né qui né in seguito mi assumo la minima responsabilità delle parole di Poplavkòv. È un bugiardo matricolato, ma è un ragazzo pieno di talento. Mi sembra che Griboedov non abbia avuto nemmeno una zia, come del resto nemmeno una nipote. Comunque, chi lo desidera può informarsi. In ogni caso, la casa si chiamava Griboedov.

Preso possesso del meraviglioso edificio a due piani con colonne, le organizzazioni degli scrittori vi si sistemarono a dovere. Tutte le stanze del piano di sopra furono adibite a segreterie e a redazioni di riviste, la sala dove la zia avrebbe presenziato alla lettura dei frammenti di Che disgrazia l'ingegno divenne aula di riunioni pubbliche e nel seminterrato fu aperto un ristorante.

Il giorno della sua apertura, Poplavkòv guardò i soffitti a volta affrescati e chiamò il ristorante "capanna".

E da allora, e fino al giorno in cui l'edificio si presentò al mio sguardo infiammato e folle come rovina carbonizzata, sarà sempre chiamato Capanna di Griboedov, nome con cui passerà alla storia.

Cadde dunque il sole il 14 giugno sulla Sadòvaâ, nel quartiere della Georgia zigana, e sopra alla città spossata e sinistra scese una notte stellata. E allora nessuno, nessuno sospettava ancora ciò che aspettava ognuno di noi.

I tavolini nella veranda sotto al tendone si erano già riempiti verso le otto di sera. La città respirava a fatica, le pareti restituivano il calore accumulato

---

Gore ot umà, (Che disgrazia l'ingegno).

durante il giorno, sul viale stridevano i tram, l'elettricità faceva una brutta luce, chissà perché sembrava che fosse la vigilia di una festa trepidante, tutti volevano Boržom[41]. Ma la fresca Boržom scorreva nella gola infuocata senza rinfrescare affatto. La Boržom faceva venire voglia dello schnitzel, lo schnitzel invitava alla vodka, e la vodka faceva venire voglia di andare in Crimea, in una pineta!...

Ai tavolini si chiacchierava. La verzura incipriata di polvere del giardino taceva, e taceva il poeta di gesso Aleksàndr Ivànovič Žitomirskij, in piedi in tutta la sua altezza, sotto ai rami, con un libro in una mano e i frammenti di una spada nell'altra. Da tre anni il poeta si era ricoperto di macchie verdi e della spada era rimasta soltanto l'elsa.

A coloro per i quali non era bastato lo spazio sotto il tendone era toccato scendere da basso, sistemarsi sotto gli archi dietro ai tavoli con le tovaglie macchiate di giallo, vicino alle pareti ricoperte di marmo simile a una squama verde. Là era l'inferno.

Sembra inverosimile, ma è così, che per un'ora da quando il redattore Mark Antònovič Berlioz era morto ai Patriaršie e fino al momento in cui i tavoli furono occupati, nessuno dei convenuti alla Capanna sapesse della morte, nonostante il lavoro infernale della Berierakina, di Poplavkòv e che il telefono tuonasse. Evidentemente tutti coloro che gremivano il ristorante erano per strada, camminavano o viaggiavano in tram, affannati, inghiottendo sudore, polvere e soffrendo per la sete.

Nell'ufficio di Berlioz stesso il telefono della scrivania

---

[41] Nota marca di acqua minerale.

aveva squillato ininterrottamente. Le voci erano impazienti, volevano sapere qualcosa, comunicare qualcosa, ma l'ufficio era chiuso a chiave, non c'era nessuno che potesse rispondere, non si sapeva nemmeno dove fosse Berlioz, ma in ogni caso era in un luogo in cui non si sentono gli squilli del telefono, e una lampada dimenticata illuminava una carta assorbente piena di numeri telefonici con la scritta in grande "Sof'â sei una carogna". Il piano superiore della casa della zia taceva.

Alle nove ci fu uno strano suono d'uccello [al pianoforte], venne fuori stridulo [tagliato], trasformandosi in un tuono. Per primo si alzò da tavola qualcuno che indossava pantaloni di tessuto di Riga lunghi fino al ginocchio, con gli occhiali a ruota, i capelli unti, i calzini a quadretti. Afferrò stretto una donna sottile con il viso emaciato e si incamminò tra i tavoli, dimenando il sedere molto ben pasciuto. Poi andò il famoso prosatore Kopejko, fulvo, carnoso, una donna, poi uno sdentato peloso con pezzi di cipolla nella barba. Nel fragore e nel tintinnio dei piatti gridò angosciato:

«Nla io non sono capace!»

Ma cedette e afferrò una ragazza di diciassette anni e si mise a pestarle i piedi, calzati in scarpette di vernice senza tacco. Alla ragazza dava fastidio l'alito di vodka e di cipolla, digrignava i denti voltando la testa dall'altra parte, camminava all'indietro...

I camerieri portarono storione in piatti meravigliosi con i coperchi, con i visi deformati dalla rabbia urlavano con odio "scusi!".

Alla cornetta una voce echeggiante gridava: "Una di

polpette!".
Uno, pallido, esaurito e depravato, con le piccole manine picchiava sui tasti dell'enorme pianoforte a coda, suonava da virtuoso. Qualcuno canticchiava in inglese, qualcuno rideva, qualcuno prometteva a qualcun altro un pugno sul muso, ma non glielo dava... E da un pezzo, da un pezzo io avevo capito che nel polveroso seminterrato, nella prima di una serie di terribili notti moscovite, stavo vedendo l'inferno.
E nacque una visione. In giorni in cui nessuno, nemmeno una persona portava il frac nella capitale del mondo, passò un uomo in frac agile e silenzioso attraverso l'inferno, in mezzo ai camerieri che si scostavano, ed entrò in una tenda. Era l'ora decima quando avvenne e l'uomo stava in piedi, guardando orgoglioso la veranda rimbombante, dove nessuno ballava. Aveva le occhiaie, sulla mano bianca brillava un diamante, aveva una testa saggia e orgogliosa.
Mi ha detto Poplavkòv che è capitato nella tenda direttamente dall'oceano, dove era stato comandante di un brigantino di pirati che faceva rotta nei pressi delle Bahamas e delle Antille. Probabilmente Poplavkòv mente. È un pezzo che non vanno per il mar dei Caraibi i brigantini corsari e non li rincorrono al rombo dei
cannoni le veloci corvette inglesi. Poplavkov mente...
Quando ballavano tutti nel fumo e nei vapori, sopra al pianista pallido si piegò la testa del pirata sommessa ed elegante e [disse] bisbigliando:
«La prego di interrompere il foxtrot.»
Il pianista ebbe un fremito e chiese stupefatto:

«Per quale motivo, Arčibàl'd Arčibàl'dovič?»

Il pirata gli si chinò più vicino e bisbigliò:

«Il presidente dello Vseobpis[42] Antòn Antònovič Berlioz è stato ucciso da un tram agli stagni Patriaršie.»

E la musica si fermò all'istante. E tacque l'intera Capanna.

Non mancarono, s'intende, le sciocchezze, senza le quali, come è noto, non si riesce a fare nulla. Qualcuno a caldo propose di onorare la memoria alzandosi in piedi. E non ne uscì nulla.

Qualcuno si alzò, altri no perché non avevano sentito. Insomma: niente di buono. È difficile commemorare guardando cupamente una costoletta di maiale. E il poeta Rûhin ebbe una trovata da sotterrarsi dalla vergogna. Con lo sguardo esaltato, propose di cantare "Eterna memoria". Lo misero a tacere, e fecero bene. L'eterna memoria è una cosa sacra, ma non è proprio il caso di cantarla alla Capanna, sarete d'accordo anche voi!

Poi qualcuno propose di mandare un telegramma, qualcuno voleva andare all'obitorio, qualcuno non si sa perché si diresse nell'ufficio di Berlioz, qualcuno andò da qualche parte con la carrozza. Tutto questo, in sostanza, senza nessun profitto. Suvvia, ma quali telegrammi, a chi, e perché, dal momento che un corpo giace su un tavolo di zinco all'obitorio e la sua

---

[42] La sigla, inventata da Bulgàkov, significa più o meno associazione generale degli scrittori. È quella che, nell'ultima stesura, diventerà il Massolit, ossia MASSOvaâ LITeratura, letteratura di massa. Più avanti si incontrano anche le varianti Obpis e Vsedrupis.

testa gli è posata accanto.

Nel tumultuoso caos e nell'eccitazione le voci cominciarono a proliferare: era stato l'amore infelice per la levatrice Kandalaki e, in secondo luogo, si era abbandonato al deviazionismo di destra. Dichiaro chiaro e tondo che sono tutte menzogne. Non soltanto Berlioz non amava affatto la levatrice Kandalaki, ma a

Mosca non esiste nemmeno una levatrice Kandalaki, c'è una Condalini, che però non fa la levatrice, ma lo statistico in uno stabilimento cinematografico. Quanto al deviazionismo di destra, smentisco categoricamente. E una menzogna di Poplavkov. Se proprio Antòn Antònovič fosse scivolato, non sarebbe

stato in nessun caso a destra ma, al limite, a sinistra. Solo che lui non aveva mai deviato.

Intanto che la veranda e l'interno rumoreggiavano di voci, accadde qualcosa che non era ancora mai successo. Ossia: i cocchieri con i cappotti blu, che facevano la guardia vicino alle porte della Capanna, d'un tratto si affacciarono alla cancellata di ghisa intagliata. Qualcuno gridava:

«Fiuu!...»

Qualcuno fischiava...

Poi si vide un piccolo fuocherello caldo e poi dalla cancellata si staccò un fantasma bianco. Procedeva veloce e spedito sul vialetto asfaltato, accanto alla veranda, dritto verso l'ingresso invernale del ristorante e si nascose dietro l'angolo, senza nemmeno causare uno stupore particolare tra la gente presente nella veranda. Va be', è passato un tipo vestito di bianco, e aveva una lanterna in mano. Un paio di minuti dopo, però, all'inferno sopraggiunse il silenzio, poi questo silenzio si trasformò in un parlare concitato, poi il fantasma uscì dall'inferno ed entrò nella veranda. Là tutti rimasero a bocca aperta, di sasso. La Capanna nella sua esistenza ne aveva viste molte, ma questo non era ancora mai successo.

Venne fuori che il fantasma non era un fantasma, ma il poeta Ivànuška Bezròdnyj, famoso in tutta Mosca, con in mano una candela da chiesa di cera verde, accesa. La fiammella tremolava e la cera sgocciolava. I capelli rigogliosi di Ivànuška non erano coperti da alcun copricapo, sotto l'occhio sinistro aveva un grande livido e una guancia era graffiata. Indossava una camicia bianca e bianchi mutandoni con la fettuccia, era a piedi nudi e sul petto, coperto di sangue rappreso, direttamente sulla pelle era appuntata una piccola icona di carta che raffigurava Gesù.

Il silenzio sulla veranda durò a lungo e, in questo lasso di tempo, dall'interno della Capanna la gente con la faccia stravolta usciva nella veranda.

Ivànuška si guardò intorno angosciato, si inchinò fino a terra e disse rauco:

«Salute, ortodossi.»

Questo saluto rafforzò il silenzio.

Poi Ivànuška si chinò sotto a un tavolino su cui era posata un'insalatiera di caviale da dove spuntavano foglie verdi, si fece luce, sospirò e disse:

«Non è nemmeno qui!»

A questo punto si sentirono due voci.

Una voce di basso sconcia e inumana disse:

«Ecco fatto. Delirium tremens.»

E una bella voce di tenore disse:

«Non capisco come mai la polizia l'abbia lasciato girare per le strade.»

Ivànuška sentì quest'ultima frase e rispose, guardando sopra la folla:

«Sulla Brònnaâ uno sbirro aveva pensato di acciuffarmi, ma mi sono nascosto saltando una staccionata.»

E a questo punto tutti videro che Ivànuška un tempo aveva avuto gli occhi marrone e che erano diventati di madreperla, e tutti si dimenticarono di Berlioz, e i cuori furono colti da terrore e stupore.

«Amici» gridò d'un tratto Ivànuška e la sua voce era diventata calda e infiammata «amici, ascoltate! È apparso!»

Ivànuška alzò significativamente la candela sopra la testa in un modo che faceva paura.

«E apparso! Ortodossi! Prendetelo immediatamente, altrimenti Mosca soccomberà!»

«Chi è apparso?» gridò una voce sofferente di donna.

«L'ingegnere!» gridò Ivànuška con la voce rauca. «È stato questo ingegnere a uccidere oggi Antòša Berlioz agli stagni Patriaršie!»

«Cosa? Cosa? Cos'ha detto?»

«Ucciso! Chi? Delirium tremens. Erano amici, ha dato fuori.»

«Ascoltate, dementi!» urlò «Vi sto dicendo che è apparso!»

«Mi perdoni, parli con più precisione» disse una voce tranquilla e cortese sopra l'orecchio di Ivànuška, e accanto a quello stesso orecchio comparve un viso attento, senza barba.

«Un consulente sconosciuto» disse guardandosi attorno e la folla si fece più densa. «Un assassino è apparso a Mosca e oggi ha ucciso Antòša!»

«Come si chiama?» domandò cortesemente all'orecchio.

«Eh già, il nome!» gridò ansioso Ivàn. «Ah, che sciocco, il diavolo mi porti, non ho guardato il cognome sul biglietto da visita!

Comincia per V! Comincia per V! Cittadini! Cercate di farvelo venire in mente ora, altrimenti sarà la rovina e il dolore della capitale rossa! Vo... Vu... Vlu...» borbottò e per la tensione i capelli si misero a camminargli in testa.

«Woolf!» gridò una voce di donna.

«Macché Woolf...» rispose Ivànuška «Woolf sarai tu! Cittadini, ecco che cosa faccio: ora io continuo a inseguirlo, e voi mandate qualcuno al Cremlino, al centralino superiore, e dite che mandino immediatamente in giro gli strelizzi[43] in motocicletta, con le azze, col mitra, e cerchino l'ingegnere in tutte le direzioni!

Segni distintivi: denti di platino, colletto inamidato, di statura spaventosa!»

Qui Ivànuška ebbe un accesso di inquietudine, si mise a guardare sotto i tavoli, ad agitare la candela.

La gente cominciò a mormorare... Si sentì la parola "dottore"... E un volto piacevole, carnoso, un volto rasato e pasciuto, con enormi occhiali dalla montatura nera, falsa, comparve con compassione accanto al

---

[43] Strel'cy, guardie del corpo dello zar nel XVI-XVII secolo.

volto di Ivànuška.

«Compagno Bezrodnyj» disse il volto con voce d'occasione «lei è rimasto sconvolto dalla morte di Antòn... no, di Antòša Berlioz, amato e stimato da tutti noi... Ce ne rendiamo perfettamente conto. Si tranquillizzi. Ora uno dei compagni la porterà a casa nel suo lettuccio...»

«Ma ti rendi conto» disse Ivàn e chiuse rumorosamente la mascella «che Berlioz è stato ucciso dall'ingegnere? O no? Te ne rendi conto, arameo?[44]»

«Compagno Bezrodnyj, mi scusi» rispose il volto.

«No, non ti scuso» rispose tranquillo Ivàn e, con un movimento ampio, diede a quel volto un pugno sul muso.

A questo punto ebbero la prontezza di avventarsi su Ivàn.

Emise un urlo che echeggiò fin sul viale. Le finestre delle casupole che contornavano il giardino con il poeta cominciarono ad aprirsi. Il tavolo con il caviale, con le foglie e con la bottiglia di Abrau[45] si capovolse, i piedi nudi si dimenavano nell'aria, qualcuno cadde in

---

[44] Il termine "arameo" (aramei) sta qui a indicare in chiave ironico-cifrata il termine "ebreo" (evrej). In una variante antecedente (1928-1929) quest'episodio è così presentato:
'Picchiate pure cittadini, aramei!' strillò improvvisamente.
" 'Antisemita!' gridò qualcuno istericamente.
" 'Ma che dice' insorse un altro 'non vede in che stato è quest'uomo? Altro che antisemita! E impazzito!'"

[45] Abrau Dûrso, marca di vino e di spumante della zona di Novorossijsk.

deliquio.

Da una finestrella spuntò la testa di una furia che si mise a gridare:

«Madonna santa, quand'è che finirà! Quand'è che le autorità chiuderanno finalmente quella maledetta Capanna! Adesso i bambini si sono messi a piangere, non riescono a dormire, alla Capanna ogni sera c'è una rissa...»

Un potente braccio villoso afferrò la furia, la testa risprofondò nella finestra.

Mentre sulla veranda tempestava una rissa come non se n'era ancora mai viste, nel vestibolo davanti al portiere c'era il comandante di un brigantino.

«Non hai visto che era in mutandoni?» domandò freddamente il pirata.

«Ma Arëibàl'd Arëibàl'dovič» rispose il portiere da gran fifone, mentre i suoi occhi sfuggivano impertinenti «è pur socio dell'Opis...»

«Non hai visto che era in mutandoni?» freddamente domandò il pirata.

«Scusi, Arëibal'd Arëibal'dovič, ma io come posso» continuò il portiere. «E un iscritto, non è un ospite. L'altro giorno il poeta Rûhin esce dal bagno con la ramazza nascosta sotto i vestiti. Io glielo dico... e lui mi ficca la ramazza negli occhi. Poi ha sparso il sapone per le scale, le signore cadevano e lui lo trovava ridicolo.»

«Hai visto che aveva i mutandoni?» domandò monotono il pirata.

Il portiere tacque e il suo viso assunse un colore tifico. L'impertinenza scomparve dagli occhi. Li riempì invece il terrore.

Cominciò a guardare il comandante dal basso verso l'alto. Vide chiaramente che i capelli neri erano coperti da una benda di seta.

Scomparve il frac, alla cintura comparvero le pistole. Vide gli occhi senza pietà, la barba nera, sentì per l'ultima volta lo sciabordio delle onde vicino al brigantino e infine si vide pendere, con la testa di lato e la lingua penzolante fino alla spalla, dal Voormarsree [46], la bandiera nera con la testa da morto. L'oceano ondeggiava e splendeva. Le ginocchia del portiere si piegarono, ma il filibustiere smise di torturarlo con lo sguardo. «Oh, Ivàn, ti meriteresti proprio l'ufficio di collocamento[47], il caro vicolo Rahmanov» disse tra i denti il capitano.

«Arčibàl'd...»

«Voglio Panteléj. Il verbale. Il poliziotto.» Il pirata diede ordini di manovra chiari e tondi. «Un taxi. All'ospedale psichiatrico. »

«Panteléj è in liber...» cercò di dire il portiere, ma il pirata non se ne curò.

«Panteléj» ripeté e andò via con passo cadenzato.

Dopo una decina di minuti l'intera Capanna fu testimone di come un uomo insanguinato e a piedi nudi, con la sola biancheria, coperta dal cappotto di Panteléj, veniva trascinato sotto braccio verso l'uscita. Gli spaventosi cocchieri, nei pressi della cancellata, si battevano alla frusta per il possesso di Ivànuška, gridando:

«Rapidissimo! Lo porto io allo psichiatrico!»

Ivànuška camminava piangendo e cercava di mordere

---

[46] In olandese, il pennone dell'albero di trinchetto.

[47] Cioè di essere licenziato.

al braccio ora Panteléj a destra ora il poeta Rûhin, a sinistra, che offeso bisbigliava:

«Ivàn, Ivàn...»

Nel retro della veranda la gente mormorava, i camerieri sparecchiavano e portavano via le schegge, il nome Berlioz era sulle labbra di tutti. In una carrozza decrepita vicino al portone prese posto un viso povero[48] senza occhiali, completamente tramortito da uno schiaffone non meritato, e una signora abbattuta gli si

sedette accanto.

Negli occhi di Rûhin balenarono come in sogno i fuochi di piazza Stràstnaâ, poi un immenso orologio rotondo infuocato, poi folle di gente, poi una macedonia di fanali di automobili, di cappelli...

Poi rilucendo, ringhiando e tossendo il taxi entrò in un giardino magico, poi Rûhin, il poliziotto e Panteléj introdussero Ivànuška in un lussuoso portone e Rûhin, abbagliato dalla tecnica, diventava sempre più sobrio e aveva una sete terribile. Poi si ritrovarono tutti in una grande stanza in cui c'erano un tavolino, un sofà nuovo, a quadretti, e due poltrone. Un orologio rotondo era appeso in alto e faceva le undici e un quarto.

Il poliziotto e Panteléj se ne andarono. Rûhin si guardò intorno e si accorse di essere in compagnia di due uomini e una donna. Tutti e tre avevano camici bianchi molto puliti, la donna era seduta al tavolo.

IvànuSka, che sembrava avesse le spalle stranamente larghe nel cappotto di Panteléj, molto tranquillo,

---

[48] Bednoe lico: può darsi che Bulgàkov volesse scrivere blednoe lico, viso pallido.

senza più piangere, si mise accanto alla parete e unì le mani sul petto. Rûhin si era versato da bere dalla caraffa con tale avidità che ora cominciarono a tremargli le mani.

A questo punto la porta si aprì senza fare rumore e nella camera entrò un altro uomo, sempre col camice, dalla cui tasca penzolava l'estremità nera di uno stetoscopio. Quest'uomo era molto serio. Era tutto straordinariamente tranquillo, ma con gli occhi estremamente inquieti. E persino dalla sua barbetta si vedeva che era un grandissimo scettico. Un pessimista.

Si avvicinarono tutti.

Rûhin rimase confuso, si aggiustò la cintura sulla pancia e disse:

«Salve, dottore. Mi permetta di presentarmi: poeta Rûhin.»

Il dottore salutò cortesemente Rûhin ma, mentre lo faceva, non guardava lui ma Ivànuška.

«E questo...» disse Rûhin, chissà perché abbassando la voce «è il famoso poeta Ivàn Bezdomnyj.»

Dall'espressione del dottore risultava evidente che sentiva questo nome per la prima volta in vita sua; il dottore osservò interrogativamente Rûhin. E questi, voltando la schiena a Ivànuška, bisbigliò:

«Abbiamo paura che abbia il delirio dei beoni...»

«Ha bevuto molto?» domandò il dottore tra i denti.

«No, dottore...»

«Cercava di prendere scarafaggi, topi, diavoletti o cani randagi?»

«No» rispose Rûhin «l'ho visto ieri. Ha tenuto un discorso!»

«Perché è senza vestiti? L'avete preso dal letto?»

«No, dottore, è venuto così al ristorante.»

«Aha» disse il dottore come se fosse molto contento che Ivànuška fosse andato al ristorante con la biancheria intima «e perché è insanguinato? Si è picchiato con qualcuno?»

Rûhin esitava.

«Sì.»

A questo punto la consultazione si concluse con un bisbiglio e tutti si rivolsero a Ivànuška.

«Salve» disse il dottore a Ivànuška.

«Salute, sabotatore!» rispose Ivànuška a voce chiara e nitida, e Rûhin per la vergogna sarebbe voluto sprofondare sotto terra. Si vergognava ad alzare gli occhi per guardare il cortese dottore, dalla cui barba veniva un chiaro odore di acqua di colonia.

Questi, tuttavia, non si offese, ma si tolse dal naso con un lesto gesto abituale il pince-nez e lo mise via, tenendo sollevato un lembo del camice, nella tasca posteriore dei pantaloni.

«Quanti anni ha?» domandò il dottore.

«Ma perché non te ne vai al diavolo, ma veramente» rispose cupo Ivànuška.

«Ivàn, Ivàn...» esclamò timidamente Rûhin.

E il dottore, socchiudendo gli occhi da miope, disse con cortesia e tristezza:

«Ma perché è arrabbiato? Non capisco proprio...»

«Ho venticinque anni» rispose severo Ivànuška «e domani mi lagnerò di voi tutti. Anche di te, lendine!» aggiunse rivolto personalmente a Rûhin.

«Per che cosa vuole lamentarsi?»

«Per avermi catturato e portato con la forza non so

dove.»

A questo punto Rûhin guardò Ivànuška e si sentì gelare. Gli occhi di Ivànuška da madreperlacei si erano fatti verdi, chiari.

"Perbacco, ma è completamente rinsavito e normale" pensò Rûhin. "Perché questa sciocchezza... perché abbiamo portato il ragazzo allo psichiatrico. E normale, ha solo la testa ferita."

«Dov'è che mi hanno portato?» domandò arrogante Ivàn.

Rûhin avrebbe preferito una cospirazione, ma il medico svelò subito il segreto.

«Lei si trova in un ospedale psichiatrico attrezzato con le più moderne apparecchiature tecniche. E aggiungo, per inciso: dove non le cagioneranno alcun danno e dove nessuno ha intenzione
di trattenerla con la forza.»

Ivànuška lanciò un'occhiata incredula, poi borbottò:

«Sia lodato Allah, sembra che in questa massa di idioti, il primo dei quali è quell'inetto, quel citrullo di Paška, uno normale ci sia.»

«Chi è questo Paška l'inetto?» domandò il medico.

«Eccolo, Rûhin» rispose Ivànuška indicandolo.

«Scusi» disse il dottore.

Rûhin era rosso e gli scintillavano gli occhi. "Ah, è così" pensò "e pensare a quante volte mi sono ripromesso di non immischiarmi mai in nessuna storia. Grazie tante. Un porco del genere, e normale, per giunta." E un senso di amarezza si diffuse nell'animo di Rûhin.

«Un tipico sostenitore dei kulaki[49], che si nasconde

---

[49] Kulaki (letteralmente, pugni) era un epiteto

per benino sotto le spoglie di un proletario.» Ivànuška
aveva proprio intenzione di smascherare Rûhin. «
"Sventolate, bandiere rosse"
ma se sapeste che cosa pensa in realtà, ha-ha...» e
Ivànuška fece una risata maligna.
Il dottore volse la schiena a Ivànuška e sussurrò:
«Non ha il delirio dei beoni.»
Poi si voltò verso Ivàn e disse:
«Perché di preciso l'hanno portata da noi?»
«Sì, che il diavolo li porti, idioti! Mi hanno preso, mi
hanno cacciato su un taxi e mi hanno portato qui!»
«Scusi, ha bevuto oggi?» si informò il dottore.
«Non ho bevuto niente né oggi né ieri» rispose Ivàn.
«Hm...» disse il medico «ma qual è il motivo preciso
per cui è
andato al ristorante con indosso soltanto la biancheria
intima, come dice il signor Rûhin?»
«Conosce Mosca?» domandò Ivàn.
«Sì, più o meno...» disse lentamente il dottore.
«Allora le pare pensabile» domandò infervorato Ivàn
«immaginare che a Mosca lei lasci sulla riva del fiume
qualcosa e che gliela rubino? Volevo fare il bagno e,
naturalmente, mi hanno rubato i pantaloni, la camicia
e le scarpe. E avevo fretta di arrivare alla Capanna.»
«Appuntamento?» domandò il medico.
«No, caro mio, non un appuntamento, io sto cercando
di acciuffare l'ingegnere!»

---

spregiativo con cui la propaganda politica chiamava i
piccoli proprietari terrieri, che sotto Stalin furono
sterminati e deportati a milioni. Spesso veniva usato
anche come insulto generico, allo stesso modo di
"sabotatore".

«Quale ingegnere?»

«Quello che oggi ai Patriaršie» continuò distintamente Ivàn «ha ucciso Antòn Berlioz. E bisogna prenderlo in fretta, perché ne combinerà tante da farci vedere i sorci verdi.»

A questo punto il medico si rivolse interrogativamente a Rûhin. Ancora sotto l'effetto della bruciante offesa, Rûhin rispose cupo:

«Il presidente dello Vsedrupis Berlioz oggi è finito sotto a un tram.»

«Non è finito sotto a un tram, come dicono?»

«L'ha ucciso l'ingegnere.»

«L'ha forse spinto sotto al tram?»

«Macché spinto!» Ivàn si indispettì. «Che concezione infantile delle cose. L'ha ucciso significa che l'ha spinto! Non l'ha toccato con un dito, Antòn. Forse ci spingerà lei!»

«C'è qualcuno, oltre a lei, che ha visto questo ingegnere?»

«Solo io. E proprio un peccato.»

«Conosce il suo cognome?»

«Era per V...» rispose cupo Ivàn. E si mise a sfregarsi la fronte.

«Ingegner Pervì?»

«Macché Pervi, è il cognome che comincia per V. Sul biglietto da visita non l'ho letto tutto, il cognome. Va' al diavolo anche tu. Che razza d'inquisitore mi sono trovato! Statevene lontani da me! Dov'è l'uscita?»

«Mi scusi» esclamò il dottore «non avevo nemmeno l'intenzione di interrogarla! Ma lei sta comunicando elementi tanto importanti sull'omicidio di cui è stato testimone... Magari, in qualche modo, si potrebbe essere utili...»

«Esatto, e queste canaglie mi portano chissà dove!» gridò Ivàn.

«Proprio!» gridò anche il dottore «magari si tratta di un equivoco!... E dica, che misure ha preso per acciuffare questo ingegnere?»

«Sia lode a te, Signore, non sei un sabotatore, ma un tipo in gamba!» e Ivàn si protese a baciarlo. «Ho preso queste misure: in primo luogo dalla Moscova mi sono precipitato al Cremlino, ma alle porte Spasskie le guardie a cavallo non mi hanno lasciato passare! Mi hanno detto: "Va', buon uomo, va' a farti una dormita".»

«Non mi dica!» esclamò il medico e scosse la testa, e Rûhin dimenticò l'offesa e protese il collo.

«Ma guardi, ma guardi» disse il medico estremamente interessato, e la donna seduta al tavolo voltò un foglio e si mise a scrivere. Gli inservienti erano tranquilli e tenevano le mani lungo i fianchi, senza distogliere lo sguardo da Ivàn Bezrodnyj. Batterono le ore.

«Le guardie erano armate?»

«Gli archibugi in mano, come loro dovere» continuò Ivàn «allora io mi sono reso conto che non c'era niente da fare e gli sono corso dietro al telegrafo, e lui, maledetto, è uscito da via Ostoženka e io gli sono corso dietro in un appartamento, dove c'era una signora nuda insaponata nella vasca: è stato là che ho preso
l'icona e me la sono appuntata al petto, perché senza icona non sarei riuscito a prenderlo... Poi...» a questo punto Ivàn alzò la testa, guardò l'orologio e rimase a bocca aperta.

«Ragazzi, le undici» gridò «e io sto qui con voi a perdere tempo. Sia gentile, dov'è il telefono?»
Uno degli inservienti gli sbarrò la strada con la schiena, ma il medico ordinò:
«Lo lasci andare al telefono.»
E Ivàn afferrò la cornetta e sbarrò gli occhi davanti alle meravigliose tazze degli squilli[50]. In quel momento la donna chiese
sottovoce a Rûhin:
«E sposato?»
«Scapolo» rispose spaventato Rûhin.
«Ha parenti a Mosca?»
«No.»
«Iscritto al sindacato?»
Rûhin annuì. La donna prese nota.
«Mi passi il Cremlino» disse d'un tratto Ivàn alla cornetta, nella stanza regnava il silenzio. «Il Cremlino? Comunichi al Sovnarkom che mandino immediatamente un reparto di motociclisti all'ospedale psichiatrico... Parla Bezdomnyj... Devo prendere l'ingegnere che distruggerà Mosca... Cretina. Cretina» gridò Ivàn e lasciò cadere la cornetta «sabotatrice!» e dalla cornetta venne via l'imboccatura. L'inserviente riagganciò subito la cornetta e fece scudo al telefono.
«Non bisogna dire parolacce al telefono!» osservò il medico.
«Su, mi lasci uscire» chiese Ivàn e si mise a cercare l'uscita, ma l'uscita sembrava essere sprofondata sotto terra.

---

[50] I vecchi apparecchi telefonici avevano una suoneria esterna simile a due tazze.

«Abbia pazienza» osservò il medico «dove vuole andare ora.

È tardi, lei non è vestito. Insisto nel consigliarle di passare la notte in ospedale, domani vedremo.»

«Mi lasci andare» disse Ivàn sordo e minaccioso.

«Una sola domanda: come ha scoperto che è stato l'ingegnere a ucciderlo?»

«Sapeva in anticipo dell'olio, che Annuška lo avrebbe rovesciato!» gridò Ivàn angosciato. «Ha parlato personalmente con Ponzio Pilato... Mi lasci...»

«Scusi, ma dove va?»

«Canaglie» urlò improvvisamente Ivàn e, tirate fuori da un cassetto, davanti alla donna comparvero una scatola di alluminio e alcune fiale.

«Ah, ho capito, ho capito...» borbottò Ivàn «un uomo normale viene trattenuto in un manicomio con la forza, allora. Hop!»

E a questo punto Ivàn, buttato via il cappotto di Pantelèj, d'un tratto si buttò di testa nella finestra completamente coperta da una tenda bianca. Una perfida rete tesa dietro la tenda, senza nessun danno per Ivàn, fece da molla e rigettò dolcemente il poeta indietro dritto tra le braccia degli inservienti. E in quel momento il dottore aveva in mano la siringa. Rûhin rimase impietrito.

«Aha» disse Ivàn con la voce rauca «ma che belle tendine che ci sono in queste casette, aha...» Rûhin guardò la faccia di Ivàn e vide che si era coperta di sudore e gli occhi si erano confusi.

«Ma certo. Aiuto! Aiuto!»

Ma il grido di Ivàn non si diffuse nell'edificio. Le pareti imbottite, foderate di morbido materiale, non lasciavano passare le grida dello sventurato da nessuna parte. I visi degli inservienti erano stravolti e imporporati.

«Un mo... un momento, la testa, la testa...» borbottava il medico e l'ago sottile si infilò nella pelle del poeta «ecco fatto, ecco fatto...» e tolse l'ago... «potete lasciarlo.»

Gli inservienti allargarono subito le braccia e la donna lasciò andare la testa di Ivàn.

«Briganti!» gridò debolmente, come languidamente, si agitò da una parte, gridò ancora: «Ed era l'ora nona!...» ma d'un tratto si sedette sul sofà... «Che canaglia che sei» disse rivolgendosi a Rûhin, non più gridando, ma con una voce triste. Poi si rivolse al dottore e disse minacciosamente e profeticamente: «Che la capitale rossa venga distrutta, io nell'anno 1943 dalla nascita di Cristo ho fatto di tutto per salvarla! Ma... ma mi hai vinto, figlio della morte, e me, il salvatore, mi hanno imprigionato».

Si alzò e protese le mani e i suoi occhi si fecero torbidi, di una bellezza non terrena.

«E vedrò nel fuoco incendi, nel fuoco vedrò folli che corrono per la circonvallazione dei viali...» A questo punto ebbe un brivido di dolcezza e di freddo nelle spalle, sbadigliò... e disse con dolcezza e tenerezza: «Betulle, neve sciolta, ponti, e sotto i ponti torrenti che vengono dalle montagne. Le campane suonano be-

ne, tranquille...».

Dietro la parete suonò un campanello e Rûhin restò con la bocca spalancata: la parete imbottita si alzò e si lasciò dietro una parete rossa verniciata, poi si aprì anche questa e, senza fare rumore, venne fuori un letto su ruote di gomma. Ivàn non ne fu interessato. Lui guardava lontano beato, ascoltava i torrenti primaverili formati dai temporali e le campane, ascoltava il canto delle stihiry[51].

«Vada a letto, vada a letto» Ivàn sentiva la voce piacevole e non minacciosa. E vero che per un attimo venne interrotta dalla voce di basso grossa e pesante dell'ingegnere che diceva anch'egli "vada a letto", ma questa tacque subito.

Quando il letto su cui era sdraiato Ivàn scomparve dentro la parete, Ivàn stava già dormendo, con il palmo della mano sotto la guancia sfigurata. La parete si chiuse. Era tranquillo e silenzioso e dalla parete in alto batterono piacevolmente le ore.

«Dottore... che cos'è, allora, è malato?» domandò Rûhin sommesso, turbato.

«E molto gravemente» rispose il dottore controllando con il pince-nez quello che aveva scritto la donna. Fece uno sbadiglio di stanchezza e Rûhin vide che era una persona molto nervosa, probabilmente buona e, a quanto sembrava, bisognosa...

«Che malattia ha?»

«Mania furibunda» rispose il dottore e aggiunse «come è evidente.»

«Che cos'è?» domandò Rûhin e impallidì.

«Furore maniacale» chiarì il dottore e si accese una sigaretta schiacciata e rotta.

«E incurabile?»

«No, penso che sia curabile.»

«E resterà qui?»

---

[51] Inno di elogio, cantato alla funzione del mattino e della sera.

«Naturalmente.»

A questo punto il dottore espresse il desiderio di salutare e fece un leggero inchino a Rûhin. Ma Rûhin domandò con fare insinuante:

«Dica, dottore, com'è che deve sempre acciuffare un ingegnere e non fa che parlarne? Ha visto un ingegnere?»

Il dottore posò gli occhi su Rûhin e rispose:

«Non so.»

Poi pensò, sbadigliò, si corrugò con aria sofferente, ebbe un brivido e aggiunse:

«Chissà, magari avrà visto un ingegnere che ha colpito la sua immaginazione...»

E a questo punto il medico e il poeta si separarono.

Rûhin uscì nel giardino magico dal portico lastricato di pietra della casa di dolore e terrore. Poi soffrì per parecchio tempo.

Non riusciva a salire su nessun tram. Cominciavano a cedergli i nervi. Si arrabbiò, si sentiva infelice. Aveva voglia di bere. I tram passavano strapieni. La gente schiacciata era appesa, aggrappata alle maniglie. E soltanto dopo l'una Rûhin giunse alla Capanna, ormai nevrastenico. Anche là era deserto. Sulla veranda erano seduti soltanto in due. Un uomo grasso e brutto, con i pantaloni bianchi e una cintura gialla intorno a cui era arrotolata la catenina d'oro dell'orologio, e una donna. Il grassone beveva vodka da un bicchierino, la donna mangiava un hamburger.

Il giardino taceva, anche l'inferno taceva.

Rûhin si sedette e con voce malata chiese una caraffa piccola... Bevve la vodka, e più beveva, più diventava lucido e più covava nell'animo un'oscura cattiveria contro Puškin e il destino...

Una conversazione con il cuore in mano

«Dunque, signor Pòrotyj[52], lei ha pagato al signor Ivànov duemila rubli per una casa a Sérpuhov?»

«Sì, è così. Esattamente, ho pagato. Però voglio dichiarare sotto giuramento che da Voland non ho ricevuto neanche un soldo!» rispose Pòrotyj.

Comunque nell'uomo che rispondeva era molto difficile riconoscere il presidente. Era seduto tutt'un altro uomo, con gli zigomi sporgenti, smagrito, e i capelli radi si erano scompigliati e appiccicati alla testa al punto che sembravano ricci. Aveva lo sguardo di una belva.

«Ecco. Come ha fatto ad avere cinquemila rubli? Con che soldi ha pagato? Con soldi suoi?»

«Miei personali, stregati» rispose Pòrotyj, guardando fisso.

«Ecco. E dove avete messo i soldi che Voland vi ha dato per l'appartamento?»

«Non ne ho avuti» disse Pòrotyj con il solo respiro.

«È la vostra firma?» domandò l'uomo a Pòrotyj indicando la firma in fondo a un contratto, dove era scritto: "Ricevo cinquemila rubli dal sig. Voland come da contratto".

«È la mia. Però io non l'ho fatta.»

«Hmm. Allora è falsa?»

«Falsa, diabolica.»

---

[52] Pòrotyj significa "fustigato". Nell'ultima stesura Nikanòr Ivànovič Bosòj [a piedi nudi], presidente dell'Associazione edilizia.

«Ecco. E i signori Korol'kòv e Petròv l'hanno vista mentre li riceveva. Mentono?»

«Mentono. È un'allucinazione.»

«Ecco. E i membri della direzione mentono? E l'assemblea generale?»

«Proprio, mentono. Il demonio gli ha guastato gli occhi. E l'assemblea generale non si è mai tenuta.»

«Aha. Quindi non sono stati pagati soldi per l'appartamento?»

«No.»

«Erano soldi personali. Come se li è procurati? Non è una somma da poco.»

«Li ho trovati sotto al cuscino.»

«La avverto, signor Pòrotyj, che parlando in modo così assurdo peggiora notevolmente la sua posizione.»

«Non fa nulla. Voglio soffrire.»

«E lei soffrirà. Mi fa perdere tempo per nulla. Ha preso bustarelle? »

«Sì.»

«Ne ha accumulati cinquemila a suon di bustarelle?»

«Macché. Prendevo poca roba, mi sono già speso tutto.»

«Ecco. Sta dicendo la verità?»

«Lo giuro su Cristo.»

«Ma com'è la storia, lei è iscritto al partito e passa tutto il tempo a parlare di Dio. È credente?»

«Ma quale iscritto al partito! Io...»

«Perché si è iscritto al partito?»

«Per cupidigia.»

«Ora sì che sta parlando con sincerità.»

«E credo nel Signore Iddio» disse improvvisamente Pòrotyj.

«E dal 10 giugno credo anche nel diavolo.»
«Affari suoi. Allora è disposto ad ammettere che dei cinquemila rubli che lei ha ricevuto per l'appartamento due li ha trattenuti?»
«Ammetto che ne ho trattenuti duemila, ma non ho ricevuto niente per l'appartamento. E la firma, le sembra solo di vederla.»
Il giudice rise e scosse la testa.
«A me? No, non è una visione.»
«Compagno giudice, cerchi di capire» disse improvvisamente Pòrotyj pieno di sentimento «io soffro soltanto perché il demonio mi ha dato i soldi e io mi sono lasciato allettare, ho pensato di farmi un angolino per la vecchiaia a Sérpuchov. Mi sono immaginato che i soldi fossero sotto al cuscino... Però voglio avvertire le autorità che nella casa che mi era stata promessa mi è apparsa la forza maligna. Nella Russia sovietica, una ristrutturazione non la si può fare in un solo giorno, tenga conto almeno di questo.»
«Lei è una persona originale, Pòrotyj. Ma la avverto di nuovo che se, ricorrendo a questi stupidi giochi di prestigio, pensa di farla franca, si sbaglia di grosso. Andrà proprio al contrario.»
«Ero pieno di sporcizia» disse severo e dignitoso Pòrotyj con aria sognante «ingannavo Dio e gli uomini, ma con la menzogna non si fa strada, e prima o poi si inciampa. E con sentito piacere che sto in prigione.»
«Si sieda. Non bisogna comprarsi una casa a Sérpuhov con i soldi della gente. A proposito, mi dia l'indirizzo del venditore.»
«Al tre di via Mešànskaâ, ex casa del mercante

Vatruškin.»

«Ecco. Legga, firmi. Però poi al processo non le venga in mente di dire che la firma è diabolica e che lei non ha firmato.»

«E perché mai» rispose secco Pòrotyj prendendo la penna «questa è una faccenda pulita» si fece il segno della croce «firmo con la croce.»

«Lei è un burlone, Pòrotyj. Legga quello che sta sottoscrivendo. Ho trascritto fedelmente le sue deposizioni?»

«E perché mai. Non offenda un moribondo.»

Soldi, a quanto pare

E curioso che a nessuno fosse venuto in mente che le stranezze, e in generale tutti gli avvenimenti straordinari accaduti a Mosca a partire dal 12 giugno, il giorno successivo al debutto a Mosca di

monsieur Voland, potessero avere tutti, per così dire, una radice e una fonte comune e che questa origine potesse essere materia d'indagine. Anche se, per la verità, non c'era nulla di particolarmente strano. Mosca è una città enorme, distribuita in modo assurdo, ha una popolazione, non lo si direbbe, di due milioni e

mezzo di abitanti, talmente abituati ad avvenimenti di ogni genere che hanno smesso di prestarvi attenzione. Per la verità, che cosa c'è di stupefacente, per esempio, nel fatto che il 12 giugno alla birreria Vita nuova all'angolo tra la Triumfàl'naâ e la Tverskàâ abbiano arrestato un uomo? E di arrestarlo avevano motivo. Dopo aver bevuto tre boccali di birra, quest'uomo si è diretto alla cassa e ha dato alla cassiera un biglietto da dieci. Meno male che la povera ragazza con occhio esperto ha visto che era un biglietto falso, perché mancava un numero. La cassiera, una ragazza intelligente, invece di restituirgli la banconota mettendosi a fare scene, ha fatto finta che la cassa si fosse bloccata e ha strizzato l'occhio a un ragazzo con il grembiule. Questi si è messo alle spalle del proprietario della banconota. Gli hanno chiesto da dov'è che viene questo biglietto matto, incompiuto? Me l'hanno dato con lo stipendio... Facce incuriosite. Con lo stipendio, signore, biglietti del genere non ne danno. Il signore se ne va imbarazzato verso la porta. Lo trattengono, dopo un momento arriva un berretto rosso ed è fatta. Il signore l'hanno portato via.

Il secondo episodio è stato più originale. Nella panetteria del vicolo Stolečnikov un uomo vestito decorosamente ha comprato venti paste. Va alla cassa. La cassiera è indignata.

«Che c'è?»

«N'Ia lei, sta dando i numeri?»

«Come sarebbe? Sono diec...»

Guarda, che razza di biglietto! La cassiera gli restituisce incattivita un'etichetta di colore bianco. C'è scritto: "Vino semisecco Abrau-Dûrso

«Ma che cos'è 'sta roba? Per Dio, chiedo scusa...»

Quando tira fuori un altro biglietto, ormai c'è aria di lite. Una carta di cioccolatini La nostra risposta a Chamberlain della Fabbrica di dolciumi Rosa Luxemburg.

«La smetta di fare il teppista!!»

Le commesse sono tutte indignate. La gente guarda... Il signore color lampone è riuscito a stento a sgusciare fuori dal negozio, ma l'hanno fatto tornare a pagare per i dolci che si sono schiacciati nella scatola. Ha pagato con monete d'argento. Dopo essere scappato, ha buttato in un fossato le due maledette banconote e un passante, stupefatto, le ha raccolte, spiegate e, vedendo che erano biglietti da dieci, se li è messi in tasca.

In via Mâsnìckaâ, vicino all'ufficio postale, a mezzogiorno una ragazza che vendeva cioccolata in un chiosco del Mossel'prom si è messa a singhiozzare forte. Un imbroglione aveva dato alla commessa, molto povera e bisognosa, un biglietto da dieci e quando, dopo un po' di tempo, lo ha tirato fuori dalla scatola di latta che usava come cassa, si è ritrovata in mano un foglietto bianco strappato da un calendario. Poi i casi si sono fatti sempre più frequenti, ed erano sempre legati ai soldi. Nella banca all'angolo della Petròvka con il Kuzneckij[53] hanno arrestato un cassiere perché, passando gli incassi giornalieri al controllore, in una mazzetta legata e da lui sottoscritta ha dato soltanto settecento rubli invece di mille e, al posto degli altri trecento, c'erano biglietti dello stesso formato con lo slogan "La religione è un veleno: proteggete i bambini".

In una profumeria privata sull'Arbàt[54], il proprietario al posto di quattro biglietti da dieci ha trovato nella cassa quattro biglietti del teatro per una commedia rivoluzionaria. Il proprietario del negozio li ha stracciati coi denti.

Alla cassa del comitato locale del giornale «La campanella» al palazzo del Lavoro è accaduto di peggio. Là è stato scoperto un ammanco di soldi in un armadio resistente al fuoco e, al posto dei soldi mancanti, c'erano cinquanta proclami trockisti dal contenuto estremamente ripugnante. Il segretario che li ha scoperti, senza dire niente a nessuno, se ne è andato nella cabina del telefono, e dopo tre ore

---

[53] Vie di Mosca. Il Kuzneckij most è il ponte dei Fabbri, antica arteria di Mosca.

[54] Via e quartiere di Mosca. È significativo il fatto che si tratti di una profumeria privata: negli anni Venti infatti la NÈP di Lenin prevedeva la possibilità di lasciare in mano ai privati piccole attività imprenditoriali, ma con gli anni Trenta la NÈP fu soppressa da Stalin. La stesura di questo romanzo è del 1928-1929.

uomini con i giubbotti neri hanno portato via i proclami con anche due dipendenti della «Campanella» non iscritti al partito, non si sa per quale destinazione. Nella seconda metà della giornata i casi di trasformazione di soldi in il diavolo sa cosa sono stati così numerosi che per la capitale si è diffusa una voce... Soltanto dai tram hanno portato via una ventina di soggetti che hanno porto alla bigliettaia ogni genere di cartacce, per esempio l'etichetta di una scatola di sardine Il faro, come è successo in via Mohòvaâ.

Al mercato Smolenskij, al tramonto, all'ingresso c'è stato un accoltellamento in seguito all'acquisto di un paio di pantaloni con un biglietto della lotteria Avtodor già estratto. L'uomo è stato sgozzato con un'agilità e un ardore quasi spagnoli.

Intanto quel giorno in tutta Mosca un solo uomo è riuscito a insinuarsi nel luogo che in seguito hanno fatto di tutto per trovare... Quest'uomo, naturalmente, era il barista del Variété. Va notato che questo ometto di bassa statura, con le rughe che gli coprivano gli occhietti porcini come un tettuccio e baffi da tricheco, era affetto da melanconia. Sul suo viso regnava in permanenza un'espressione di offesa e dal petto gli sgorgavano di continuo pesanti sospiri. Se gli toccava pagare otto copechi per il biglietto del tram, faceva un sospiro così lungo che si giravano a guardarlo.

Il mattino del 12 giugno, controllando la cassa, al posto di undici biglietti da dieci rubli trovò undici pagine di piccolo formato del "Luogo incantato" di Gogol'[55]. Non abbiamo intenzione di descrivere né il

---

[55] Racconto della raccolta Le veglie alla fattoria presso Dikan'ka.

viso del barista né i suoi gesti né le sue parole.

Verso mezzogiorno chiuse il buffet, si vestì con un cappotto estivo giallo, un berretto da pittore e le galosce, nonostante il caldo, poi sospirando a destra e a manca si diresse verso la Sadòvaâ. Vicino all'ingresso del Variété si fece strada tra la folla, con un significativo sospiro.

Cinque minuti dopo stava già suonando al secondo piano. Gli aprì un omettino piccolo con il cappello nero. Il barista venne introdotto senza ostacoli in anticamera. Si tolse le galosce, le posò con cura vicino all'attaccapanni, si tolse il cappotto e sospirò tanto profondamente che l'ometto si voltò prima di sparire da

qualche parte.

«Messere, c'è un uomo per lei.»

«Lo faccia entrare» si sentì la voce bassa.

Il barista entrò e si inchinò, il suo stupore era così forte che per un attimo si dimenticò degli undici bigliettoni.

La seconda stanza, con vetrate veneziane, era arredata in modo strano. Tappeti dappertutto, molti tappeti. C'era anche una specie di piedistallo, e sopra vi era posata una coppa, certo di quelle per offerte sacre e di sicuro d'oro.

"L'ha comprato all'asta. Ah, che cosa si combina!" fece in tempo a pensare il barista, e vide subito un gatto con gli occhi turchesi seduto su un altro piedistallo. Un secondo gatto era in un posto strano, sul sostegno della tenda. Da lì guardava attentamente il barista. Dalla tenda che velava le due finestre fluiva nella stanza una luce strana, come in un giorno infuocato attraverso le vetrate arancione di una chiesa. "C'è puzza in questa stanza" pensava sconvolto il re dei panini, ma di che fosse la puzza non era in grado di stabilirlo. Non capiva se era odore di penne bruciate o di qualche schifezza chimica.

Comunque, alla vista del proprietario dell'appartamento, il barista si distrasse subito dal pensiero della puzza. Quest'uomo era disteso su un sopralzo, con una veste di raso d'oro su cui erano ricamate croci capovolte.

"Capperi, possibile che anche questa l'abbiano venduta all'asta".

Il proprietario aveva addosso qualcosa che il barista prese per un camice e che in realtà era una tonaca cattolica, mentre ai piedi sa il diavolo cos'aveva. Non si capiva se fossero ghette nere o una calzamaglia. Comunque il barista osservò tutto questo di

sfuggita. Il viso del padrone invece lo scrutò per bene. Aveva una barba a forma di cuneo, con il labbro superiore rasato al punto da diventare azzurrognolo. Gli occhi, al barista, sembrarono straordinariamente cattivi e la statura del proprietario, sdraiato su questo... boh, lo sa Dio su cosa, era inverosimile.

"Un uomo imponente, e col muso storto" notò il barista.

«Sì?» disse il padrone con voce di basso, socchiudendo gli occhi rivolti a colui che era entrato.

«Io» rispose il barista dopo avere sbattuto le palpebre «come ha la bontà di vedere, sono il gestore del buffet del Variété.»

«Ma nemmeno per sogno!» rispose il padrone.

Il barista sbatté le palpebre stupito.

«Sono passato accanto al suo buffet, rispettabilissimo» continuò il padrone «e mi sono dovuto tappare il naso...»[56]

Al richiamo, dalle fauci nere del camino, sgusciò un gatto nero con le zampe grosse come se fossero state gonfiate, e si fermò con aria interrogativa.

"Ammaestrato" pensò il barista. "Che zampe rivoltanti!"

«Sei stato dal cancelliere?» domandò Voland.

Il barista strabuzzò gli occhi.

Il gatto tacque.

«E quando farà in tempo?» si sentì una rauca voce sifilitica che proveniva da dietro la porta. «È in capo al mondo. Ora mando.»

«E al Narkompros? Isnalituč?»

«Al Narkompros Isnalituč ho già mandato Bonifacio l'altroieri» rispose quella stessa voce.

«E allora?»

«Uno spasso!»

«Aha, be', bene. Fatti la barba!» (Il gatto scomparve nel camino.) «Allora, continui, lei racconta meravigliosamente. Allora...

Si tratta di soldi, a quanto pare?... Continui...»

Ma il barista non riacquistò subito il dono della

---

[56] A questo punto il testo si interrompe. Il foglio successivo è strappato a metà. Dalle estremità finali delle righe che si sono conservate si capisce che Voland esprime la propria insoddisfazione perché lo storione non era fresco. Ma il barista è agitato da altro: i soldi falsi, ed esprime le sue pretese su questo punto. In risposta si sente l'esclamazione di Voland: "Behemoth!" e il testo continua.

parola. Qualcosa di nereggiante gli batteva nell'anima e lui, con gli occhietti vigili appaiati, accompagnò Behemoth che rientrava nel camino.

«Quelli, insomma, vengono al buffet e vogliono sempre che gli cambi un bigliettone.»

«Oh, avidi esseri! Ma mi consenta, ha visto che cosa le danno?»

«Ah, sono soldi assolutamente uguali a quelli veri.»

«Allora che cosa la preoccupa? Se sono assolutamente uguali a quelli veri...»

«E che oggi ho guardato, e al posto dei biglietti da dieci c'era della carta ritagliata.»

«Ah, che canaglia la gente di Mosca! Ma non capisco, lei che cosa vuole da me?»

«Lei mi deve rimborsare...»

«Rimborsare?!»

«Questo tipo di giochi di prestigio vanno comunicati all'amministrazione. Mi scusi, al buffet hanno soffiato centodieci rubli. »

«Non ho voglia di pagarla. È noioso pagare.»

«Allora sarò costretto a sporgere denuncia al tribunale» disse duro il barista.

«Come al tribunale! Dicono che da voi i tribunali siano di classe.»

«Di classe, stia tranquillo.»

«Non mandi in rovina un orfano» disse con voce carezzevole Voland e d'un tratto si mise in ginocchio.

"O è deficiente o mi prende in giro" pensò il barista.

«È meglio che la rimborsi, piuttosto di andare a finire in tribunale. Mi condanneranno, oh, mi condanneranno senz'altro» disse Voland. «Mi dia la carta, gliela cambio.»

Il barista si mise la mano in tasca, tirò fuori la mazzetta, la aprì e restò allibito.

«Su» disse il padrone con impazienza.

«Sono biglietti da dieci!» esclamò in un bisbiglio il barista.

Voland si fece minaccioso.

«Ascolti, barista! E venuto a confondermi le idee o è ubriaco?»

«Ma che cos'è che sta succedendo?» si mise a farfugliare il barista.

«Sta succedendo che, per avidità, le si ottenebra la vista» spiegò Voland, facendosi d'un tratto più accomodante. «Le piacciono i soldi, eh, furbetto, lo ammette? Ne avrà senz'altro di ben nascosti a casa, eh? Diciamo centotrentaquattromila, eh?»

Il barista ebbe un fremito perché, sparando evidentemente a caso la cifra, Voland aveva indovinato fino all'ultimo copeco:

proprio alla somma di centotrentaquattromila rubli ammontavano i risparmi del barista.

«Questo non riguarda nessuno» borbottò il barista assolutamente stupefatto.

«C'è una sola cosa che non capisco» continuò l'artista Voland «dove li metterà? Presto lei morirà, fra un anno, nella tomba non se li porterà, anche perché nella tomba non le serviranno...»

«La prego di non impicciarsi della mia morte» rispose a bassa voce il barista, impallidendo e guardandosi intorno. Gli era venuta paura, di cosa non lo sapeva nemmeno lui. «Vado» aggiunse facendo roteare gli occhi.

«Dove va con tanta fretta?» si informò amabilmente il

padrone. «Si fermi da noi, resti, beva qualcosa, Bonifacio prepara ottime bevande. Un assaggino, eh?»
«La ringrazio, non bevo» sibilò il barista e cominciò ad arretrare.
«Ma dove va?» domandò improvvisamente qualcuno dietro e venne fuori un brutto muso. Un occhio lacrimava, il naso era comparso. Il brutto muso era vestito con un corto panciotto e aveva le gambe variopinte, a righe, con le scarpe a punta. In testa aveva ciuffi di capelli fulvi e le sopracciglia erano nere, e i denti erano cresciuti dove capita. Un lieve suono accompagnava la comparsa del brutto muso, un fenomeno spiegabile: il brutto muso aveva alcune campanelle cucite alle maniche e all'orlo del panciotto. Per di più, aveva la gobba. Insomma, in compagnia di un brutto muso così non veniva proprio voglia di bere...
«La prendiamo?» propose il brutto muso strizzando allegramente l'occhio e si avvicinò al barista. Il brutto muso prese dal piedistallo la coppa e la porse al barista.
«Non bevo» rispose in un sussurro il barista, si spinse in anticamera, vide alla parete un'enorme spada con l'elsa a forma di coppa e poi una fanciulla completamente nuda seduta su una poltrona ricoperta di tartaruga. Vedendo il barista, la fanciulla fece un gesto tale che a questi si annebbiò la vista. Senza rendersi

conto di ciò che gli stava succedendo, il barista fu sbattuto sulle scale e dietro di lui sbatté pesantemente la porta.
A questo punto il barista si sedette su un gradino e si

mise a respirare con affanno, gli occhi gli uscirono in fuori da sotto le sopracciglia, e non serviva schiacciarli con le dita. Chissà perché, si tastò. E quando si toccò la testa, si convinse in primo luogo che era completamente bagnata e in secondo luogo che aveva dimenticato il cappello a casa di Voland. Poi controllò la mazzetta, i bigliettoni erano a posto. Il sole penetrava sulle scale attraverso la finestra. Dall'alto si sentirono passi rimbombanti.

Una donna giunse all'altezza del barista, lo guardò con ripugnanza e disse:

«Ma che casa di matti. Sono tutti ubriachi fin dal mattino, oh, proprio un divertimento. Ehi, zio, quei bigliettoni non ti pesano troppo?» E si sedette accanto a lui, dando un colpettino civettuolo nel fianco al barista. Questi ebbe un fremito e macchinalmente coprì le banconote con il palmo della mano.

«Potremmo fare così» bisbigliò la donna intimamente e il barista, guardandola in faccia con aria da matto, si convinse che era carina e che non era vecchia. «Ora nell'appartamento non c'è un'anima, se ne sono andati tutti, ognuno per i fatti suoi. Tu mi dai un deca, e io ti faccio felice. C'è della vodka, c'è dell'aringa. Stamattina ho fatto le carte e mi è venuto il letto d'amore con il re di fiori, e il re di fiori sei tu.»

«Che dice?» esclamò morbosamente il re di fiori mettendo via i bigliettoni.

«Forse pensi che io sia una prostituta?» domandò la donna.

«Niente di simile. Sono una donna assolutamente onesta, mio marito fa il ragioniere, puoi informarti al Domkom.»

«Se ne vada, in nome di Cristo» biascicò il barista alzandosi sulle gambe tremanti.

La donna si alzò, si pulì la gonna, raccolse il cestino e continuò a salire.

«Ehi, che cretinastro, ohi, che cretino» disse lei «ma chissà cos'è che vuole, 'sto qui. Un'altra, solo per toccarti, ti caverebbe tre deca, e io a te uno solo! E io ho avuto rapporti con il governatore generale e, se lo vuoi sapere, ti puoi informare al Domkom!»

La testa di lei cominciò a sparire.

«Vai a...» giunse dal basso.

Fatto uno sforzo di volontà per vincere la paura, il barista spinse il pulsante e sentì le campane tintinnare dietro la porta.

Con gli occhi enormi, ma deciso a non lasciarsi più sbalordire, con la testa incassata nelle spalle, il barista aspettò. La porta si socchiuse, lui ebbe un fremito, sullo sfondo nero balenò il corpo nudo della stessa fanciulla.

«Desidera?»

«Ho dimenticato il cappello...»

La nuda fulva scoppiò a ridere, scomparve nella penombra e poi dalla porta volò fuori una massa nera che finì dritta addosso al barista. La porta sbatté, dietro si sentì un'esplosione di musica e una risata che lasciò il barista impietrito. Guardandosi intorno, rimase pietosamente a bocca aperta. Non aveva in mano il suo cappello, ma un berretto nero, di velluto, consunto, qua e là rovinato. Il barista ebbe un lamento piagnucoloso e suonò una seconda volta. Si aprì ancora la porta e di nuovo la nuda si presentò allettante davanti al barista.

«Ancora lei?!» gridò. «Ah, ha dimenticato la spada?»

"Madre pura, regina dei cie...!" pensò il barista e d'un tratto, urlando, si mise a correre giù, dopo essersi cacciato in testa il berretto... Il fatto è che il viso della fanciulla, contro lo sfondo nero, si era trasfigurato nettamente trasformandosi nel brutto muso di una vecchietta.

Come un forsennato, il barista si mise a galoppare per i gradini e soltanto da basso gli venne in mente di farsi il segno della croce. Non appena l'ebbe fatto, il berretto, urlando selvaggiamente, gli saltò giù dalla testa e volò al galoppo su per le scale.

"Però!" pensò il barista impallidendo. Restato ormai senza copricapo corse sull'asfalto liquefatto, socchiuse gli occhi davanti ai raggi del sole, non si intromise più in nulla, sentì nel palazzo di sinistra un boato vitreo e urla di donna, si precipitò in strada, per la prima volta nella vita salì su una carrozzella scoperta senza contrattare e disse con voce rauca:

«Alla chiesa di San Nikola...»

Il cocchiere gridò: "Un rublo". Sferzò la rozza e cinque minuti dopo portò il barista nel vicolo dove nell'ombrosa verzura spuntavano le fiancate bianche e pulite di una chiesa. Il barista si precipitò nella porta, si fece avidamente il segno della croce, tirò un respiro e si convinse che in chiesa non c'era odore di ladano ma, chissà perché, di naftalina. Precipitatosi alle tre candeline, osservò la fisionomia di padre Ivàn.

«Padre Ivàn» bofonchiò il barista «è urgente... deve liberarmi dalla forza maligna...»

Padre Ivàn, come se stesse aspettando quell'invito, si aggiustò i capelli col dorso della mano, si mise una sigaretta in bocca, entrò a fatica nell'ambone, guardò adulatoriamente il barista, rimasto impietrito per la sigaretta, batté il candelabro contro il leggio...

"Sia lodato Dio..." suggerì mentalmente il barista l'inizio delle preghiere.

«Pelliccia dell'imperatore Alessandro III» cominciò padre Ivàn cantilenando «mai indossata, prezzo base cento rubli!»

«Centocinque e uno, centocinque e due, centocinque e tre!...»

echeggiò un coretto dolce di castrati dal coro, nell'oscurità.

«Pope chiassoso, che ci fai in chiesa?» domandò il barista inespressivamente.

«Come sarebbe?» si stupì padre Ivàn.

«Io ti chiedo preghiere e tu...»

«Preghiere. Pff... Pensa te...» rispose padre Ivàn. «Sei matto! Da dove vieni? O sei cieco? La chiesa è stata chiusa, questa è una casa d'aste!»

E il barista a questo punto vide che in chiesa non c'era nemmeno un'icona sacra. Al loro posto, dovunque si guardasse, c'erano appesi quadri dal contenuto più profano.

«E tu, maligno...»

«Maligno, maligno» lo sfotté scontento padre Ivàn «tu te la spassi in mezzo ai dollari e vorresti che io morissi di fame? E poi non mi infastidire, iscritto al sindacato, e vai con Dio fuori di qui...»

Il barista si ritrovò all'esterno, alzò la testa. Sulla cupola non c'era la croce. Al posto della croce c'era un uomo che fumava.

In che modo il barista fosse giunto alla propria

residenza non ricordava. L'unica cosa certa era che, giunto al buffet, il rispettabile gestore lo aveva chiuso e sulla porta aveva appeso il cartello con la scritta: "Oggi il buffet è chiuso".

I saggi

[...] Occorre dire che vicino all'edificio del Variété, mentre il barista aveva la sua avventura, c'era una folla la cui composizione cambiava continuamente. Era cominciata con una piccola coda, vicino alla porta dell'ingresso alla cassa alle otto del mattino, proprio l'ora in cui si formavano le code per le uova, il cherosene e il latte. Degna di attenzione fu la comparsa, nella coda, di brutti musi carnosi di bagarini che di solito facevano la guardia sotto le belle colonne del teatro Bol'šòj o presso l'ingresso centrale del teatro dell'Arte nel vicolo Kamergerskij. Quel giorno si trasferirono là, e la loro comparsa fu molto evidente. E per la precisione: al Variété c'erano duemilacento posti. Per le undici ne furono venduti la metà. A questo punto Sukovskij e Nûton[57] si svegliarono e si recarono entrambi in un luogo ignoto. Tramite loro uomini comprarono i biglietti e per mezzogiorno, entrando in contatto con i bagarini, avevano guadagnato: Sukovskij 125 rubli e Nûton 90. A mezzogiorno alla cassa ci furono momenti di paura.

---

[57] I Sukovskij (che viene chiamato anche Bibléiskij e Robinskij) nella stesura finale del romanzo diverrà il direttore finanziario Rimskij. Nûton (che viene chiamato anche Blagovest) in futuro diventerà Varenuha.

Alle dodici e un quarto venne messo il cartello con l'avviso "Per oggi tutto esaurito" e i bagarini e i semplici cittadini si misero a comprarli per l'indomani e il giorno successivo. Sukovskij e Nûton presero parte attiva alle operazioni, e non soltanto nessuno lo sapeva, ma nemmeno loro sapevano uno dell'altro.

Alle due i bagarini smisero di bisbigliare "Due in platea per oggi" e i loro visi si fecero enigmatici. Effettivamente il pubblico del Variété cominciava ad agitarsi, si avvicinavano ai bagarini domandando: «Non ne avete?» e loro rispondevano tra i denti:

«C'è una poltrona in sesta fila a cinquanta rubli». Dapprima se ne allontanavano spaventati, poi a partire dalle tre cominciarono a prenderli.

All'ufficio giungevano sempre più telefonate e si facevano sentire quelle voci potenti alle quali non si poteva assolutamente dire di no.

Tutte le venticinque poltrone riservate alle cariche ufficiali Nûton le diede via in mezz'ora, poi dovettero dare anche qualche sedia pieghevole per le voci un po' meno potenti. Più si avvicinava la sera, più diventava evidente che al Variété sarebbe successo qualcosa di speciale. Di speciale comunque accadde

non poco già durante il giorno, dietro le quinte.

In primo luogo tutto il personale avvelenò la vita a Osip Grigòr'evič[58], domandandogli che cosa aveva passato, gli esaminarono il collo, ma risultò un collo normale, senza nessun segno particolare... Osip Grigòr'evič in un primo momento si infuriò, poi rise, poi raccontò una storia falsa a proposito di certa nebbia e di uno svenimento, poi mentì dicendo che la

---

[58] Nell'ultima redazione: Georges Bengal'skij.

testa gli era rimasta sulle spalle e che Voland aveva semplicemente ipnotizzato anche il pubblico, poi se la filò a casa. Ribbi assicurò a tutti che si trattava davvero di ipnosi e che cose del genere le aveva già viste venti volte a Berlino. Non si diede per vinto nemmeno quando gli domandarono com'era possibile che il cane avesse detto:

"La seduta è finita" dichiarando che quello che era successo col cane era un atto di ventriloquia. E vero che Nûton strinse forte Ribbi con le spalle al muro, e questo giurò di non avere preso nessun accordo con Voland, mentre invece due mazzi di carte, per nulla ultraterreni, ma completamente reali, erano là presenti, e Ribbi infine spiegò la loro comparsa col fatto che Voland ce li aveva messi prima.

«Strano!»

«Allora è un gioco di prestigio?!»

Il pompiere era semplice e non mentiva. Disse che quando la sua testa era volata via, aveva visto da una parte il suo corpo senza testa e si era spaventato a morte. Voland, secondo lui, era uno stregone.

Tutti riconobbero che, pur non essendo uno stregone, era comunque un artista eccellente.

Poi uscì il «Giornale della sera» dove era riportato un comunicato tonante in cui si diceva che Apollòn Pàvlovič[59] era stato esonerato dall'incarico in quattro e quattr'otto. Questo comunicato fu seguito immediatamente dalla notifica proveniente dall'organismo competente che accusava Apollòn Pàvlovič di azioni immorali. Quali non era detto, ma in giro per Mosca si sussurrava ridacchiando: "Gli

---

[59] Nella variante definitiva: Arkadij Apollonòvič.

ombrelli... sciu-sciu, sciu-sciu... .

Dopo il «Giornale della sera» sulla testa di Bibléjskij e Nûton si abbatté un telegramma-"fulmine". Nel "fulmine" era scritto:

"Nfosiov ci ha creduto. Liberato. Ma vicino Rostòv cumulo di neve. Bloccato ventiquattr'ore. Andate immediatamente Isnalituč. Informatevi su Voland, senza che lui s'accorga. Possibile criminale. Pedulaev.[60]

«Un cumulo di neve a Rostòv in giugno» disse sommesso e serio Nûton. «A questo gli ha preso il delirio dei beoni, quand'è andato a Vladikavkàz. Che ne dici, Bibléjskij?»

Ma Bibléjskij non disse nulla. Il suo viso assunse un'aria seria da vecchio. Fece un gesto in silenzio per invitare Nûton ad avvicinarsi e, dal frastuono e dal rumore del sipario e dell'ufficio, lo portò in un piccolo deposito di oggetti teatrali. Là, tra le maschere dai nasi gonfi, le due teste si avvicinarono.

«Ecco» disse in un bisbiglio Bibléjskij «tu, Nûton, sai di che cosa si tratta...»

«No» sussurrò Nûton.

«Siamo due cretini.»

«Hm...»

«In primo luogo: è davvero a Vladikavkàz?»

«Sì» rispose reciso Nûton.

«Dico anch'io di sì, è a Vladikavkàz.»

Pausa.

«Senti, e ti rendi conto» sussurrò Ròbinskij «di che cosa significa?»

Blàgovest aveva uno sguardo spaventato.

---

[60] Nell'ultima redazione: il direttore del Variété Stëpa Lihodèev.

«Questo. Significa. Che. Ce l'ha mandato Voland.»
«Non è poss...»
«Taci.»
Blàgovest tacque.
«Tutto sommato ci comportiamo da stupidi» continuò
Ròbinskij «invece di chiarirlo subito e di trarne
conclusioni organizzative...»
Tacque.
«Ma non ci sarà il cumulo di neve...»
Ròbinskij lo guardò serio, greve, e disse:
«Il cumulo c'è. E tutto vero.»
Blàgovest ebbe un fremito.
«Fammi vedere ancora una volta i mazzi di carte»
ordinò Ròbinskii.
Blàgovest si sbottonò in fretta, si frugò nelle tasche,
strabuzzò gli occhi e tirò fuori due crêpe. Gocce gialle
di burro fuso gli scorrevano lungo le dita.
Blàgovest tremava, mentre Ròbinskij si limitò a
impallidire, ma rimase tranquillo.
«La giacca è andata» disse macchinalmente Blàgovest.
Aprì lo sportello della stufa e vi mise le crêpe, chiuse
lo sportello. Dietro lo sportello si sentì un gattino che
miagolava forte in modo preoccupante. Blàgovest si
guardò intorno angosciato.
Le maschere dai gonfi nasi, disseminati di verruche
grandi come piselli guardavano dalle pareti. Il gatto
miagolava in modo Straziante.
«Lo faccio uscire?» domandò Blàgovest tremando.
Aprì lo sportello e un piccolo simpatico gattino
sgusciò fuori tutto pieno di fuliggine e continuando a
lamentarsi.
I due amici accompagnarono in silenzio la bestia con

lo sguardo e si misero a guardarsi da vicino.

«È... ipnosi...» biascicò Blàgovest quando si fu ripreso.

«No» rispose Ròbinskij.

Ebbe un fremito.

«Allora che cos'è?» domandò tonante Blàgovest.

Ròbinskij a questo non rispose niente e uscì.

«Fermo, fermo! Dove vai?» gli gridò dietro Blàgovest e sentì:

«Vado all'Isnalituë.»

Guardandosi intorno furtivamente, Blàgovest sgusciò fuori dal ripostiglio e corse al telefono. Chiese il numero dell'appartamento di Berlioz e con il cuore che batteva si mise ad aspettare una voce. Dapprima nella cornetta sentì un fischio, vuoto e lontano, il fischio di un birbante in un campo. Poi vento, e dalla cornetta veniva aria fredda. Poi una voce di basso, remota, straordinariamente densa e forte, si mise a cantare lontana e tetra: "pietre nere, ecco la mia quiete... pietre nere...". Ridacchiò come uno sciacallo. E di nuovo: "Pietre nere... ecco la mia quiete...".

Blàgovest riagganciò. Un attimo dopo non era già più nell'edificio del Variété.

Senza titolo

Ròbinskij aveva mentito dicendo che andava Isnalituč. Cioè, andarci ci andò, ma non subito. Uscendo in via Triumfàl'naâ prese un taxi e si diresse in direzione affatto diversa dall'Isnalituč, verso un enorme cortile soleggiato che attraversò osservando un branco di galline che beccavano qualcosa nell'erba brucia-
ta, e si trovò in un basso edificio bianco. Là vide due finestrelle e, a quella di destra, una piccola coda. In coda erano due tristi signore in nero vestite a lutto, che di tanto in tanto versavano lacrime, e quattro uomini dalla carnagione scura con il cappello nero. Tenevano tutti in mano pile di documenti. Ròbinskij si avvicinò a un tavolino, comprò per una moneta un modulo e lo compilò in tutte le sue parti in fretta e con precisione. Poi mise i fogli in una cartella e passando accanto alla coda, prima che facessero in tempo a dire ah, si intrufolò nella porta. "Ma che mal..." fece in tempo a sussurrare una signora.
Colui che era seduto nella stanza che ricordava la cella di un monastero stava per accogliere Ròbinskij in modo poco gentile, ma lo guardò e col suo viso espresse un sorriso. Venne fuori che colui che là stava seduto aveva studiato nella stessa città e nello stesso ginnasio di Ròbinskij. Fluttuarono uno o due ricordi dell'infanzia dorata. Poi Ròbinskij espose la propria istanza: aveva bisogno di andare a Berlino, e con molta urgenza. La causa era la malattia di un vecchio zio a cui lui voleva un gran bene. Ròbinskij voleva

fare in tempo a giungere al Kurfürstendamm[61], a chiudere gli occhi allo zio. Colui che era seduto alla scrivania si

grattò la nuca. I permessi vengono rilasciati molto difficilmente.

Ròbinskij strinse la cartella al petto. Potevano non lasciarlo andare? Lui? Ròbinskij? La persona più leale e devota? Una persona che si era sfaticata lavorando per lo stato sovietico? No! Lui voleva proprio vedere la persona che avesse avuto il coraggio di dire di no a Ròbinskij...

Colui che era seduto al tavolo rimase colpito. Dichiarando che capiva benissimo Ròbinskij, aggiunse che lui era soltanto un esecutore. Due foto tessera? Eccole, prego. Le informazioni del Domkom? Eccole. La dichiarazione fiduciaria dell'ispettore finanziario? Ecco.

«Amico» sussurrò teneramente Ròbinskij chinandosi verso colui che era seduto «dammi una risposta domani.»

L'amico sgranò gli occhi.

«Però!...» disse e sorrise disperato ed esilarato. «Non è mai accaduto in meno di una settimana...»

«Amico mio» sussurrò Ròbinskij «capisco. Per una qualsiasi persona sospetta, su cui occorre raccogliere informazioni. Ma per Un momento dopo Ròbinskij, l'aria seria e pratica, uscì dalla stanza. Alla fine della coda, dietro a una persona con il fez rosso, con una pila di carte in mano c'era... Blàgovest.

Il silenzio durò una decina di secondi.

---

[61] Famoso viale berlinese.

Il volo di Voland

Aiutami, Signore, a finire il romanzo.
1931

«Come mai questa fiacca, cittadini?» domandò Behemoth e per conferire ufficialità pronunciò la parola signori con l'accento sul "da"[62]. «Dove state correndo?»

Un gatto a Butyrki?[63]

Il procuratore vi girerà la coda.

Fischio.

... e uno stormo di gabbiani si sollevò e volò via.

«E un fischio» rilevò con condiscendenza Fagotto «non discuto, è un fischio! Ma a essere sinceri è stato un fischio così così.»

«Non sono un musicista» rispose Behemoth e fece finta di offendersi.

«Ehi, vostra eccellenza!» disse Fagotto rivolto a Voland con voce penetrante di tenore «consentite di fischiare a me, vecchio maestro di cappella.»

«Non avete nulla in contrario?» domandò cortesemente Voland a Margherita e a me.

«No, no» esclamò felice Margherita «che fischi! Ve ne prego!

---

[62] La parola russa gràždane (singolare graždanin), cittadini, veniva usata in URSS (fino agli anni Ottanta) a imitazione dell'appellativo in uso nella Francia rivoluzionaria.

[63] Carcere del ministero degli Interni, il più grande di Mosca, utilizzato per la detenzione degli arrestati durante l'istruttoria.

Era tanto che non mi divertivo!»

«Lo dedico a voi» disse galante Fagotto e incominciò a prepararsi. Si allungò come un elastico e fece una figura complessa con le dita. Osservai i visi dei poliziotti e mi sembrò che volessero farla finita e andarsene.

Poi Fagotto si mise quella figura in bocca. Devo precisare che il fischio non lo sentii, ma lo vidi. Un intero cespuglio fu sradicato e portato via. Nel bosco non rimase nemmeno una fogliolina.

Scoppiarono entrambe le gomme della motocicletta e il bidone si spaccò. Quando mi ripresi, vidi la riva scivolare nel fiume e nella torbida schiuma nuotare i cavalli degli squadroni. E i cavalieri erano seduti in gruppi sulla terra piena di crepe.

«No, è venuto male» disse Fagotto esaminandosi le dita con un sospiro «oggi non ho voce.»

«E già più che sufficiente» disse Voland indicando la terra e a questo punto mi resi conto che l'uomo con la cartella giaceva a terra scomposto e che gli scorreva sangue dalla testa.

«È colpa sua, maestro, io non c'entro nulla. Ha battuto la testa contro la motocicletta.»

«Ah, ah, poveraccia, ah» disse l'allegro Behemoth con evidente ipocrisia chinandosi sull'uomo caduto «per colpa del tuo fischio una moglie è rimasta vedova...»

«Su, partiamo!»

Fagotto intonò con voce soave... "pietre nere la mia quiete..."

«Là incontrerai Schubert e i mattini luminosi.»

Variante al capitolo Accadde al Griboedov[64]

La sera di quel terribile sabato 14 giugno 1945, mentre il sole fiammeggiante tramontava dietro la Moscova irraggiandola e il sangue dello sventurato Antòn Antònovič si mescolava con l'olio sul selciato, il

ristorante degli scrittori, La capanna di Griboedov, era stracolmo.

Perché questo strano nome? Ecco di che cosa si trattava: quando il numero degli scrittori dell'Unione, che cresceva continuamente di anno in anno, giunse infine alla terrificante cifra di 5011 persone, di cui 5003 vivevano a Mosca, 1 in Crimea e 7 a Leningrado, l'ente responsabile, preoccupato del destino dei servitori delle muse, aveva dato loro un edificio a Mosca.

L'edificio era situato in fondo a un cortile, dietro a un giardino e, stando alle parole del prosatore Poplavkòv, un tempo era appartenuto forse a una zia di Griboedov, o forse vi aveva vissuto una nipote dell'autore della famosa commedia.

Avverto in anticipo che né qui né in seguito mi assumo la minima responsabilità delle parole di Poplavkòv. È un bugiardo matricolato, ma è un ragazzo pieno di talento. Mi sembra che Griboedov non abbia

---

 La variante è stata composta negli anni 1929-1931, poco dopo la stesura del capitolo, con lo stesso titolo, del Mago Nero.

avuto nemmeno una zia, come del resto nemmeno una nipote. Comunque, chi lo desidera può informarsi. In ogni caso, la casa si chiamava Griboedov.

Preso possesso del meraviglioso edificio a due piani con colonne, l'Unione generale degli scrittori, che riuniva tutti i cinquemila, per prima cosa fece delle riparazioni, e quindi vi si sistemò a dovere.

L'intero piano superiore fu adibito a ufficio della direzione del Vsedrupis, a segreteria, contabilità e a redazioni di riviste, la sala dove la zia, fiera del proprio nipote, avrebbe presenziato alla lettura dei primi abbozzi di Che disgrazia l'ingegno divenne l'aula delle riunioni e delle conferenze, e nel seminterrato fu aperto un ristorante.

La sera della sua apertura, Poplavkòv guardò i soffitti a volta affrescati a pallidi colori e disse:

«Si tratta della più simpatica delle capanne!»

E da allora, e fino al giorno in cui l'edificio si presentò al mio sguardo infiammato come rovina carbonizzata, sarà sempre chiamato Capanna di Griboedov, nome con cui passerà alla storia. E questo ve lo posso assicurare.

Cadde dunque il sole oltre la Sadòvaâ, e una notte stellata scese sopra alla città spossata e sinistra. E allora nessuno, nessuno sospettava ancora ciò che aspettava ognuno di noi.

I tavolini nella veranda asfaltata sotto al tendone si erano già riempiti verso le otto di sera. La città respirava a fatica, le pareti restituivano il calore accumulato durante il giorno, sul viale stridevano i tram in modo ripugnante, l'elettricità faceva una brutta luce, chissà perché sembrava che fosse la vigilia di una festa trepidante, tutti volevano della Boržòm gelata. Ma la Boržòm era tiepida, di dubbia qualità. Dopo faceva venire voglia di una costoletta, la costoletta invitava alla vodka, la vodka a un'aringa, di nuovo la Boržòm spumeggiava nella bottiglia, sfrigolava, sembrava d'essere in un vagone internazionale, con lucenti

maniglie d'ottone, e veniva voglia di aprire un finestrino perché entrasse un po' d'aria.

Ai tavolini si chiacchierava, e risuonavano piano i boccali sfiorati dalle forchette. Il giardino taceva, e taceva il poeta di gesso Aleksàndr Ivànovič Žitomirskij, che due anni prima se ne era volato in aereo a Kislovòdsk, e s'era schiantato vicino a Rostòv. Adesso il poeta in gesso, a figura intera, era stato condannato a starsene sotto alle piante intisichite, con un libro in una mano e un mozzicone di spada nell'altra.

In due anni il poeta si era ricoperto di macchie verdi e della spada era rimasta soltanto l'elsa.

Coloro che arrivarono tardi non trovarono posto sotto al tendone e dovettero scendere da basso, nel locale invernale, sistemarsi sotto gli archi, in tavoli con le tovaglie costellate da sgradevoli macchie gialle, sotto la protezione degli abat-jour.

Sembra inverosimile, ma è così, che per un'ora, da quando la testa del presidente del Vsedrupis era schizzata fuori da sotto le ruote di un tram, nessuno dei convenuti al ristorante fosse venuto a sapere della morte, nonostante da tutte le centrali telefoniche di Mosca si riversasse in tutti i telefoni la parola Berlioz,

Berlioz.

Evidentemente tutti coloro che gremivano il ristorante dalle otto alle nove di sera erano stati per strada, a piedi o in tram appesi alle maniglie, s'eran buttati in autobus strapieni o, con gran frastuono, s'eran fatti portare in taxi da Pokrovskij-Strešnevo, da Sokòlniki, fino alla Capanna.

Nell'ufficio del defunto, situato proprio sopra al ristorante, il telefono della scrivania aveva squillato ininterrottamente, fin dalle otto e mezzo. Decine di persone telefonavano, volevano sapere qualcosa, comunicare qualcosa, ma l'ufficio era chiuso a chiave, non c'era nessuno che potesse rispondere, non si sapeva nemmeno dove fosse il proprietario dell'ufficio, ma in ogni caso era in un luogo in cui non si sentono gli squilli del telefono, e una lampada dimenticata illuminava una carta assorbente piena di numeri telefonici con la scritta in grande "Son'ka sei una carogna". Il piano superiore della casa della zia taceva.

Alle nove nel ristorante risuonò il primo accordo di pianoforte, e a quest'accordo il cuore malinconico scivolò nel ventre.

Per primo si alzò da tavola qualcuno che indossava pantaloni di tessuto di Riga lunghi fino al ginocchio, color cavallo, con i calzini a quadretti, gli occhiali a ruota di carro, i capelli neri e unti. Afferrò stretto una donna sottile con il viso emaciato e si incamminò tra i tavoli, dimenando il sedere molto ben nutrito di costolette e perche alla polacca.

Per secondo andò il famoso prosatore Kopejko, un ragazzotto fulvo, carnoso, sui trentacinque anni, poi, dopo aver lasciato cadere la forchetta, uno sdentato peloso con pezzi di cipolla nella barba.

Nel fragore e nel tintinnio dei piatti gridò angosciato: «Ma io non sono capace!» e poi soggiunse: «Eh!». E strinse a sé una ragazza di diciassette anni e si mise a pestarle i piedi, calzati in scarpette di vernice senza tacco.

Alla ragazza dava fastidio l'alito di vodka e di cipolla, digrignava i denti voltando la testa dall'altra parte, camminava all'indietro...

I camerieri sollevavano in alto i piatti luccicanti con i coperchi, con i visi deformati da una rabbia antica e radicata urlavano "scusi, permette...". Alla cornetta una voce gridava: "Una di polpette!". Un pianista pallido, esaurito e depravato, con le piccole manine picchiava sui tasti, suonava da virtuoso. Qualcuno accompagnava il canto con un "Alleluja! Ah, Alleluia a te...". Qualcuno rideva, qualcuno prometteva a qualcun altro un pugno sul muso. E arrivò l'inferno. Da un pezzo avevo capito che nel seminterrato, seduto accanto a un abat-jour color lilla, nella prima di una serie di terribili notti moscovite, stavo vedendo l'inferno.

E nacque una visione. In anni e giorni in cui nessuno, nemmeno una persona portava il frac nella capitale, passò tra i tavolini fiero, in frac, e uscì sulla veranda. Era l'ora decima di sabato quando avvenne. L'uomo stava in piedi, guardando orgoglioso la veranda che rimbombava sommessa, dove nessuno ballava. Aveva ombre azzurre sotto agli occhi, la nera barba appuntita era ben curata, brillavano gli anelli alle dita, e tutta la veranda gli fece un inchino, e molti gli diedero il benvenuto, e molti gli sorrisero. E fiero e saggio egli esaminò il suo possedimento.

Mi ha detto Poplavkòv che è capitato nella tenda direttamente dall'oceano, dove era stato comandante di un brigantino di pirati che faceva rotta nei pressi delle Bahama e delle Antille. Probabilmente Kozob'ev-poplavkòv mente. Ah, è un pezzo che non vanno per il mar dei Caraibi i brigantini corsari e non li rincorrono al rombo dei cannoni le veloci corvette inglesi. E al mondo non esistono più alcune isole Bahama, non c'è sole, né onde, non c'è nulla. Mi duole l'anima, mi duole per via della fandonie di Poplavkòv! Nell'inferno danzavano. Il vapore, il fumo galleggiava sotto al soffitto. Danzava Prùsevič, Kupliâmov, Lutesov, Enduzizi. Danzava lo scrittore Evpl Boškadilarskij, di Taganrog, danzava Karma, Karotoâk, Krupilina-Krasnopàl'ceva, danzava un notaio, danzavano donne sole con abiti con lo strascico, danzava un tipo in camicia alla russa, danzava il pittore Rogulâ con la moglie, l'ex maestro di cappella Porokov, danzavano dei giovani senza nome, che non erano né artisti né scrittori, né notai, né avvocati, ben vestiti, ben rasati, con occhi molto inquieti e afflitti, danzavano le donne sul soffitto e cantavano: "Alleluja!". Danzava la grassoccia Sekleteâ Giacìntovna Nepremènova, sessantenne, un tempo figlia di un ricco mercante, oggi drammaturga, che scriveva le sue avventure piene di fuoco con lo pseudonimo di "Marinaio Georges".

Ed era l'ora decima.

E in quell'ora una corrente invisibile passò tra coloro che stavano danzando. Nell'inferno non avevano ancora capito, non avevano sentito, ma sulla veranda si erano già alzati in piedi, e si udiva: "Cosa? Cosa? Cosa? Come? Non può essere!!".

A quel punto la testa del pirata si piegò sopra il pianista e questi udì un sussurro:

«La prego di interrompere il foxtrot.»

Il pianista ebbe un fremito e chiese stupefatto:

«Per quale motivo, Arčibàl'd Arčibàl'dovič?»

Allora il pirata disse:

«Il presidente del Vsedrupis Antòn Antònovič Berlioz è stato appena ucciso da un tram agli stagni Patriaršie.»

E la musica si fermò all'istante. E tacque l'intera Capanna.

Non mancarono, s'intende, le sciocchezze, senza le quali, come è noto, non si riesce a fare nulla. Qualcuno a caldo propose di onorare la memoria alzandosi in piedi. In primo luogo tutti rimasero così com'erano, qualcuno non sentì bene, qualcuno stupito cominciò ad alzarsi, qualcun altro, al contrario, vide dinanzi a sé una costoletta di maiale rappresa nel suo grasso. Insomma: niente di buono.

E il poeta Rûhin ebbe una trovata da sotterrarsi dalla vergogna.

Con lo sguardo esaltato, sa Dio in preda a quali passioni, improvvisamente, con voce alta e baritonale, adatta per cantare "da dietro l'isola, nella corrente"[65], propose di intonare "Eterna memoria". D'altronde fu messo a tacere, e fecero bene. L'eterna memoria è una

---

[65] Verso iniziale di uno dei più celebri canti dedicati a Sten'ka Razin, solitamente cantato con profonda voce di basso.

cosa sacra, ma non è proprio il caso di cantarla alla Capanna, sarete d'accordo anche voi!

Poi qualcuno propose di mandare immediatamente un telegramma collettivo: "Subito, adesso, compagni, buttar giù...". Qualcuno voleva andare all'obitorio, due tizi non si sa perché si diressero dal ristorante

al piano di sopra per aprire l'ufficio di Berlioz. Tutto questo, in sostanza, senza nessun profitto. Suvvia, ma quali telegrammi, a chi, e perché, dal momento che un corpo giace su un tavolo di zinco all'obitorio e la sua testa, il piede sinistro e la mano destra se ne stanno sul tavolo accanto.

E a quel punto arrivò Uhob'ev. E subito la seducente versione del suicidio si propagò per il ristorante. In primo luogo si parlò di un amore infelice per la levatrice Kandalaki (Uhob'ev è una peste, non un uomo!). In secondo luogo (e quest'ipotesi fu opera collettiva di Kupliânov e del Marinaio Georges), il defunto si era abbandonato al deviazionismo di destra. Dichiaro chiaro e tondo che sono tutte menzogne.

Non soltanto Berlioz non amava affatto la levatrice Kandalaki, ma a Mosca non esiste nemmeno una levatrice Kandalaki, c'è una Kondalini, che fa lo statistico al ûgsevkino[66], e suo marito è effettivamente un ostetrico.

Quanto al deviazionismo di destra, smentisco categoricamente. Se proprio Antón fosse scivolato, non sarebbe stato in nessun caso a destra ma, al limite, a sinistra. Ma io so assai meglio di Uhob'ev che non aveva deviato da nessuna parte!

---

[66] Cinematografo Sud-Nord.

Intanto che sulla veranda e nell'inferno la gente rumoreggiava, ripetendo le parole "Berlioz", "Kondalini", "Obitorio", "Deviazionismo"... accadde qualcosa che non era ancora mai successo. Ossia: i cocchieri con i cappotti blu, che come sciacalli facevano la guardia all'uscita della Capanna vicino all'inferriata di ghisa, d'un tratto vi si affacciarono. Qualcuno gridò: "Ma guarda!" qualcuno fischiò...

Poi apparve un piccolo fuocherello caldo e poi dalla cancellata si staccò un fantasma bianco.

Procedeva veloce e spedito sul vialetto asfaltato, accanto al giardino, quindi accanto alla veranda, dritto verso l'angolo che portava all'ingresso invernale della Capanna, senza nemmeno causare uno stupore particolare tra la gente presente nella veranda. Da dietro l'edera si vedeva male, pensarono che fosse passato un cameriere. Un paio di minuti dopo, però, alla Capanna sopraggiunse il silenzio, poi questo silenzio si trasformò in un parlare concitato, poi il fantasma, evitando il balcone dove versavano la vodka nelle caraffine, uscì dall'inferno ed entrò nella veranda. E tutta la veranda rimase a bocca aperta.

In breve venne fuori che il fantasma non era un fantasma, ma il poeta Ivànuška Pokìnutyi, famoso in tutta l'URSS, con in mano una candela da chiesa di cera verde, accesa. I capelli rigogliosi di Ivànuška non erano coperti da alcun copricapo, sotto l'occhio sinistro aveva la tumefazione di un grande livido e una guancia era graffiata.

Indossava una lurida camicia da notte e mutandoni con la fettuccia, e sul petto, coperto di sangue rappreso, direttamente sulla pelle era appuntata una piccola icona di carta che raffigurava Gesù.

Il silenzio sulla veranda durò a lungo e, in questo lasso di tempo, dall'interno della Capanna la gente e i camerieri vi si precipitarono.

Ivànuška si guardò intorno angosciato, si inchinò fino a terra e disse:

«Salute, ortodossi.»

Questo saluto rafforzò il silenzio.

Poi Ivànuška si chinò sotto a un tavolino su cui era posata un'insalatina di caviale da cui spuntavano foglie verdi, fece luce sotto alla tovaglia, sospirò.

«Non c'è, non è nemmeno qui!» disse.

Una voce di basso sconcia e inumana disse:

«Ecco fatto. Delirium tremens.»

E una bella voce di tenore disse: «Non capisco come mai la polizia l'abbia lasciato girare per le strade conciato in questo modo.»

Ivànuška contrasse timidamente le spalle e ribatté:

«N'Ia io ho preso i vicoli, i vicoli!... Dal Bezboinyj al Vannyj, dal Vannyi al Barabanyj, dal Barabanyj al Bal'nyj lungo la Verhnaâ Bolvanovka alle Gračevskie Zemli, al vicolo cieco Astradamskij![67] I poliziotti hanno cercato di acchiapparmi, ma gli ho fatto il segno della croce e mi son nascosto saltando una staccionata.» E a questo punto tutti videro che Ivànuška fino a poco tempo prima aveva avuto dei rispettabili occhi verdi e che adesso erano diventati color latte.

---

[67] I nomi dei vicoli hanno tutti un significato preciso: vicolo Senzadio, vicolo del Bagno, vicolo del Tamburo, vicolo del Ballo, via Alta dei Babbei, le Terre delle cornacchie. Astradamskij è un suggestivo nonsense.

«Amici» gridò Ivànuška e la sua voce era diventata calda e infiammata «amici, ascoltate! È apparso!»

E Ivànuška alzò significativamente la candela e indicò l'oscurità della notte di giugno.

«E apparso, gente di Mosca! Prendetelo immediatamente, altrimenti Mosca soccomberà!»

«Chi è apparso?» gridò una voce sofferente di donna.

«L'ingegnere!» gridò Ivànuška con la voce rauca. «E stato questo ingegnere a uccidere oggi Antoëa Berlioz agli stagni Patriaršie!»

A quel punto la folla si mise in movimento, e attorno a si formò un cerchio, e si vide persino un cameriere che, sulla porta, si rovesciava della birra sul grembiule.

«Scusi, pardon, parli con più precisione. In che modo?» e proprio sopra all'orecchio di Ivànuška comparve un viso attento, senza barba.

«Un consulente sconosciuto» disse Ivànuška lanciando attorno occhiate avvelenate. «Quest'oggi, al tramonto, alle sei e cinquanta [minuti] è apparso agli stagni Patriarëie, e per prima cosa ha accoppato Antoša Berlioz.»

«Pardon. Come si chiama? Mi scusi» e sopra al secondo orecchio di Ivàn apparve un secondo volto con occhi molto inquieti.

Ormai la gente che si trovava dietro premeva quella davanti, e le si arrampicava sulle spalle.

«Il cognome!» gridò ansioso Ivàn. «Ah, che sciocco! Non ho guardato il cognome sul biglietto da visita!»

«Compagno Pokìnutyj» gli dissero cortesemente sopra all'orecchio «non faremmo meglio a fare un salto in ufficio?...»

Ma Ivàn allontanò qualcuno e continuò:

«Un cognome con la V! con la V! Cittadini! Cercate di farvelo venire in mente ora, altrimenti ci sarà una disgrazia! La capitale rossa è minacciata da un pericolo! Vo... Vu... Vlu...» borbottò Ivàn e per la tensione i capelli si misero a camminargli in testa.

«Woolf!» gridò una voce di donna.

«Macché Woolf...» rispose Ivàn con insolita irritazione «perché Woolf, scema! E quale Woolf avrebbe mai potuto fare quel che ha fatto lui? Cittadini! Non riesco a ricordare!» gridò Ivàn disperatamente, e gli occhi gli s'iniettarono di sangue. «Cittadini, ecco cosa bisogna fare: adesso io continuerò a inseguirlo, e voi manderete qualcuno al Cremlino, al centralino superiore, e direte che mandino immediatamente in giro, in varie direzioni, degli sterlizzi con le mitragliatrici, in motocicletta, per acchiappare l'ingegnere! Segni distintivi: denti di platino, colletto inamidato, di statura spaventosa. Dichiaro che il ristorante resterà chiuso per tre giorni!»

Qui Ivànuška cominciò ad agitare la candela, aprendosi un varco tra coloro che lo circondavano. La gente tutt'attorno cominciò a mormorare, e si sentì la parola "dottore"...

E un volto piacevole, carnoso, con gli occhiali dalla montatura falsa, comparve con compassione accanto al volto di Ivànuška.

«Compagno Pokìnutyj» disse il volto con voce d'occasione «lei è rimasto sconvolto dalla morte di Antòn... no, voglio esprimermi così, di Antoša Berlioz, amato e stimato da noi tutti. Ce ne rendiamo perfettamente conto. Si tranquillizzi. Ora uno dei compagni la porterà a casa nel suo lettuccio.»

«Tu» disse Ivàn e chiuse rumorosamente la mascella «tu ti rendi conto che Berlioz è sta-to am-maz-za-to? I-dio-ta.»
«Compagno Pokìnutyj, mi scusi» disse debolmente il tipo, mutando in volto.

Postfazione

È difficile dire quando Bulgàkov abbia concepito il "romanzo sul diavolo", come veniva spesso chiamato dall'autore e dalla moglie Elena Sergèevna Bulgàkova il manoscritto del romanzo che nel novembre

1937 ricevette il titolo definitivo Il Maestro e Margherita. Non è escluso che il desiderio di scrivere un romanzo grandioso sulla realtà sovietica, così come si era delineata dopo la guerra civile, fosse nato in Bulgàkov a metà degli anni Venti, una volta ultimato il lavoro alla Guardia bianca. Ma si accinse alla stesura del romanzo nel 1928, quando cioè si andava definitivamente delineando la sua posizione di scrittore e drammaturgo emarginato, autore di opere che non rispondevano in alcun modo agli interessi del regime. Gli fu proposto di sottoporsi a una "perestrojka", una ricostruzione che lo trasformasse in scrittore asservito. Proposte di questo genere vennero respinte, suscitando lo scontento non soltanto dei maggiori dirigenti, ma anche della massa di funzionari, scrittori e critici asserviti per i quali Bulgàkov era divenuto un rimprovero vivente. Proprio in questo periodo di crudelissima persecuzione dello scrittore divenne fondamentale in Bulgàkov il tema del rapporto artista-potere.

Su quando incominciò il lavoro al romanzo non vi è consenso. Il fatto è che l'autore stesso segnala in modi diversi il periodo in cui lo ha scritto: 1929-1931, 1928-1937 (in due riprese), 1929-1938. A noi sembra corretta l'opinione di Elena Sergèevna Bulgàkova secondo la quale Bulgàkov aveva, nel 1928, elaborato il contenuto del romanzo, raccolto il materiale e scritto un primo abbozzo, e nel 1929 incominciato la stesura vera e propria.

Le prime versioni del romanzo, com'è noto, sono state distrutte dall'autore, anche se non vi sono testimoni, perciò si possono prendere in considerazione soltanto le testimonianze dello stesso Bulgàkov, che rammentiamo al lettore.

Nella lettera al governo del 30 marzo 1930 Bulgàkov scriveva:

Ora sono distrutto.

Questa distruzione è stata accolta con molta gioia dalla società sovietica ed è stata definita UNA CONQUISTA.

R. Pikél', prendendo atto della mia distruzione («Izv[estiâ]»,

15.9.1929), ha espresso un'idea liberale: "Con questo non vogliamo dire che il nome di Bulgàkov sia stato cancellato dal novero dei drammaturghi sovietici".

E ha rincuorato lo scrittore in rovina con le parole "stiamo parlando delle opere teatrali scritte in passato".

R. Pikél' si sbaglia. Sono morte non soltanto le mie opere passate, ma anche quelle presenti e tutte quelle future. E io personalmente, con le mie mani, ho buttato nella stufa la bozza di un romanzo sul diavolo, la bozza di una commedia e l'inizio di un secondo romanzo, Il teatro.

Tutte le mie opere sono senza speranza.

Più di tre anni dopo Bulgàkov, ricordando quegli anni per lui terribili ("Oh, me li ricorderò gli anni 1929-1931!"), scriveva a V. V. Veresaev: "Il demone si

è insinuato in me. Già a Leningrado e ora qui,
soffocando nelle mie camerette, ho cominciato a
buttare giù da capo pagina su pagina il romanzo che
ho distrutto tre anni fa. Perché? Non lo so.
Mi consolo da solo! Che finisca nel Lete!".
E infine, nell'ultima stesura del romanzo Il Maestro e
Margherita (quella pubblicata), viene descritto in tutti i
particolari l'incenerimento del manoscritto: "Nella
stufa crepitava il fuoco, alle finestre scrosciava
la pioggia. Allora vi fu l'ultimo atto. Presi dal cassetto
del tavolo i pesanti fogli manoscritti del romanzo e i
quaderni con il materiale raccolto e cominciai a
bruciarli. È difficilissimo farlo, perché la carta scritta
brucia male. Rompendomi le unghie, stracciai i
quaderni, stando in piedi li mettevo tra i ceppi di
legno e con l'attizzatoio scompigliavo i fogli. La
cenere di tanto in tanto mi sopraffaceva, la fiamma mi
soffocava, ma io lottavo contro di essa, e il romanzo,
opponendo una cocciuta resistenza, nonostante tutto
si distrusse. Mi balenavano davanti parole ben note, il
giallore si alzava in modo irrefrenabile su per le
pagine, ma le parole resistevano anche allora.
Scomparivano soltanto quando la carta diventava nera
e l'attizzatoio con rabbia arrivava a toccarle"
Nonostante le descrizioni piuttosto precise lasciateci
dall'artista riguardo a questo tragico avvenimento, i
bulgakovisti continuano a discutere accanitamente sul
romanzo distrutto. Alcuni affermano che lo scrittore
avrebbe distrutto buona parte dei manoscritti
autografi, di cui si sono conservati soltanto due
quaderni con pochi frammenti di testo intatto
(negano la possibilità che esista una variante

dattilografata del testo). Altri, al contrario, suppongono che Bulgàkov abbia distrutto il testo dattiloscritto e che la "brutta copia" manoscritta sia stata sottoposta soltanto alla sua abituale revisione: lo scrittore avrebbe dunque stracciato i fogli non necessari con cognizione di causa e in periodi diversi.

Merita di essere presa in considerazione l'opinione di L. ânòvskaâ, autorevole ricercatrice dell'opera di Bulgàkov: "Si conservano i resti dei tre quaderni di brutta copia del 'romanzo sul diavolo'. Due quaderni comuni con pagine strappate E una piccola quantità di fogli ... del terzo quaderno.

"Esiste una leggenda, che è giunta perfino sulla stampa, secondo cui Bulgàkov avrebbe bruciato proprio questi quaderni, strappando i fogli a fascicoli e gettandoli direttamente nel fuoco, e che Elena Sergèevna ...

sarebbe stata presente. Ma Elena Sergèevna non poteva 'essere presente' all'incenerimento dei manoscritti di Michaìl Bulgàkov, né lo stesso Bulgàkov. Ricordate Margherita nel romanzo: "Lanciato un urlo sommesso, a mani nude riversò dalla stufa sul pavimento ciò che restava...Il fumo riempì subito la stanza ...".

Elena Sergèevna probabilmente avrebbe agito così. Ma i quaderni che si sono conservati non può averli sottratti al fuoco, poiché non v'è alcuna traccia di fuoco.

"Bulgàkov li strappò forse seduto a un tavolo, esaminandoli pagina dopo pagina. E si vede che non ha fatto questo lavoro tutto in una volta, ma in momenti diversi, con stati d'animo diversi e verosimilmente

per motivi diversi ... Allora che cosa bruciò Michaìl Bulgàkov all'inizio del 1930? Le parti mancanti di questi quaderni di brutta copia che nel complesso restano leggibili? O invece un manoscritto ... Penso che Bulgàkov abbia distrutto un manoscritto, un romanzo. Mentre la brutta copia che aveva buttato via ancora prima si è conservata" (L. ânòvskaâ, Tvorčeskij put' Michaila Bulgàkova [Il percorso creativo di Michail Bulgàkov], Mosca, 1983, pp. 228-230).

Pur tenendo nel dovuto conto le sottili osservazioni di L. ânòvskaâ, noi tuttavia riteniamo che a dire la verità non siano gli studiosi ma l'autore stesso. Bulgàkov ha descritto con molta precisione nel romanzo tanto le proprie condizioni psicologiche in quel momento quanto i particolari dell'incenerimento del manoscritto: sono stati distrutti tanto il romanzo (la versione dattiloscritta) che gran parte della brutta copia. ("Presi dal cassetto del tavolo i pesanti fogli manoscritti del romanzo e i quaderni con il materiale raccolto e cominciai a bruciarli."

A riprova di ciò portiamo il brano di quello stesso frammento di testo, del capitolo "Apparizione del protagonista", nella versione dattiloscritta (inedita !): "Allora vi fu l'ultimo atto. Presi dal cassetto del tavolo i pesanti fogli manoscritti del romanzo e i quaderni con il materiale raccolto e cominciai a bruciarli ... Quando ebbi finito con i quaderni, passai ai dattiloscritti [corsivo mio]. Sparsi in profondità la montagna

di cenere e, fatti a pezzi gli spessi manoscritti, mi misi

a caricarli nella bocca della stufa".

Perciò al momento dell'incenerimento dei manoscritti, tanto nelle stesure pubblicate del romanzo che in quelle non pubblicate l'autore segue il piano di descrizione dei fatti che aveva rigorosamente elaborato. Nella versione non pubblicata sono menzionati anche dettagli estremamente importanti: esistevano copie dattiloscritte del romanzo (!).

Per quanto riguarda la comparsa di "Margherita" mentre Bulgàkov terminava di bruciare i manoscritti, lo si può ritenere un particolare romanzesco. Ma è molto probabile che la reazione di Elena Sergèevna sarebbe stata simile a quella descritta nel romanzo, quando seppe della distruzione del manoscritto. E i quaderni di appunti che si conservano non mostrano "tracce di fuoco" solo perché sono bruciati i fogli che erano stati strappati a fascicoli. Quanto al numero esatto di quaderni bruciati da Bulgàkov è questione a cui non è possibile dare risposta. A meno che, naturalmente, non avvenga il miracolo: che per esempio si trovi una copia del testo dattiloscritto distrutto del romanzo! Un miracolo del genere è già accaduto: sono stati trovati i frammenti del diario personale degli anni 1923-26, distrutto da Bulgàkov!

Per fortuna si sono comunque conservati due quaderni con il testo provvisorio del romanzo degli anni 1928-29 e brandelli di fogli di quaderno. Inoltre si sono conservati anche due quaderni con l'abbozzo in
brutta copia dei capitoli degli anni 1929-31. Da questo materiale è possibile seguire Bulgàkov nella ricerca del titolo del romanzo. Nel primo quaderno, per esempio

(quello che convenzionalmente chiameremo la prima stesura provvisoria), si conserva la parola iniziale delle varianti del titolo: "Tournée..." , "Il figlio...". In margine a una delle pagine c'è la scritta "Il giocoliere con lo zoccolo". Nel secondo quaderno (quello che convenzionalmente definiremo seconda stesura provvisoria) uno dei capitoli ("Mania furibunda") ha il sottotitolo "capitolo del romanzo 'Lo zoccolo dell'ingegnere'".

Il titolo che però si incontra più spesso è Il mago nero. Si è conservato sul primo foglio della prima stesura provvisoria (con cancellatura dell'autore) e anche nel secondo foglio della stessa redazione con un nuovo inizio del romanzo. Nel secondo caso il titolo Il mago nero campeggia, solo, in cima al foglio. Tutti gli altri titoli del romanzo sono comparsi più avanti, nelle stesure successive. Perciò per le prime stesure provvisorie del "romanzo sul diavolo" Il mago nero è il titolo più adeguato.

Della prima stesura del romanzo si sono conservati integralmente soltanto gli ultimi quattro capitoli in brutta copia, dall'undicesimo al quindicesimo. Tutti i precedenti sono stati distrutti da Bulgàkov (i fogli vennero strappati o tagliati, ma di regola si conservò il testo vicino alla cucitura del quaderno).

Della seconda stesura del romanzo, che occupava come minimo due quaderni, non si è conservato intatto nemmeno un capitolo. Nel primo quaderno sono rimaste intatte parti significative del testo del secondo e
del terzo capitolo ("Il vangelo secondo Voland" e "La sesta prova") e alcuni fogli degli altri capitoli. Del

secondo quaderno restano soltanto quattordici frammenti strappati (ogni frammento è lungo all'incirca un

terzo di foglio).

Va osservato che i fogli sono stati strappati e tagliati via in momenti diversi. Una parte dei fogli è stata tagliata con le forbici lungo la rilegatura. Sono stati tagliati via con particolare cura i fogli dal contenuto più aspro. Non è escluso che ciò sia avvenuto dopo la morte dello scrittore.

Delle date riguardanti le prime stesure del romanzo va considerata sicura soltanto quella dell'8 maggio 1929. Quel giorno Bulgàkov consegnò alla redazione delle antologie Nedra il quarto capitolo della seconda stesura del romanzo, evento regolarmente registrato negli archivi redazionali. Vi sono tuttavia tutti i presupposti per pensare che il lavoro ai primi quattro capitoli della seconda stesura sia durato anche oltre quella data, forse anche fino al 1930, perché il testo iniziale è stato corretto più volte dall'autore anche con modifiche e aggiunte sostanziali.

Negli anni 1930-31 Bulgàkov cercò più volte di riprendere a lavorare al romanzo, dedicando una particolare attenzione al capitolo "Accadde al Griboedov", da cui in seguito sono stati scorporati alcuni capitoli a sé stanti. È stata scritta anche una brutta copia della variante del capitolo "Il volo di Voland".

Nel romanzo Il mago nero figurano quattro capitoli conservatisi integralmente della prima stesura provvisoria, due capitoli incompleti della seconda stesura provvisoria e due abbozzi della stesura provvisoria a cui Bulgàkov lavorò dal 1929 al 1931. I capitoli sono stati collocati nell'ordine corrispondente alla prima stesura del romanzo, che ne contava quindici.

Va rilevato che le varianti dei capitoli che qui vengono pubblicate hanno uno specifico peso semantico, importante per capire il processo di formazione della linea fondamentale dell'intreccio del romanzo. Per esempio dal testo del "Vangelo secondo Voland" si vede che le narrazioni dei Vangeli e le tradizioni storiche, elaborate originalmente da Bulgàkov, hanno acquisito caratteristiche dell'epoca contemporanea.

In sostanza era la risposta dell'artista a quella persecuzione unica per dimensioni, all'insolenza e volgarità di cui era vittima da parte della "nuova" cultura sovietica. In quel periodo allo scrittore sembrava che la potente mafia che si stava formando nella sfera della letteratura e dell'arte rappresentasse per la società un pericolo ancora maggiore dello stesso potere tirannico di Stalin. Assai trasparente in questo senso è il grido isterico di Pilato: "Tu fai paura a tutti! A tutti! E hai un solo nemico, in bocca: è la tua lingua! Ringraziala! La quantità del mio potere è limitata, limitata, limitata, come tutto al mondo! È limitata!".

Questa frase diviene ancora più eloquente se raffrontata al brano della commedia di Bulgàkov La cabala dei bigotti, da lui scritta in quello stesso 1929. In un accesso di disperazione, Molière, ripudiato dal re, gli invia la replica assai significativa: "Tirannia! Cabala!... Pensa di essere onnipotente, pensa di essere eterno! Che sbaglio! Alle sue spalle la Cabala nera affila il suo coltello, soffoca e sgozza la gente e lui non può difendere nessuno!". Perciò la punta della denuncia di Bulgàkov era diretta prima di tutto contro la "cabala", e soltanto in seconda istanza contro il tiranno.

Purtroppo dal quaderno è stato strappato il testo precedente al capitolo, dai cui frammenti si vede che lo scrittore aveva descritto dettagliatamente la riunione del sinedrio in cui si era compiuto il tradimento di Giuda. Bulgàkov non ritornò su quel testo in nessuna delle stesure successive.

Negli abbozzi delle varianti dei capitoli "La sesta prova" e "Accadde al Griboedov", a cui tra l'altro lo scrittore annetteva molta importanza, Bulgàkov sviluppa una delle idee che stanno alla base del romanzo:

i traditori di Dio, gli apostati della fede, devono essere puniti! Per lui i rappresentanti della "nuova" cultura che fanno i bulli alla melodia del beffardo foxtrot Alleluia! non sono altro che uomini che si sono spianata la strada per andare all'inferno.

Dall'abbozzo del capitolo "Il volo di Voland" s'intende con precisione che Bulgàkov già all'inizio degli anni Trenta, aveva delineato chiaramente l'intreccio del romanzo.

Bruno Osimo Ce l'hai scarico da un pezzo
Bruno Osimo Sei un vaso di fiori di campo
Bruno Osimo La scoiattola d'autunno

Bruno Osimo Semiotica semplice
Bruno Osimo Semiotics for Beginners
Bruno Osimo Semiotica per principianti
Lev Vygótskij, Pensiero e parola
Charles Sanders Peirce Filosofia della mente
Jurij Lotman Il testo nel testo
Jurij Lotman Le tre funzioni del testo
Jurij Lotman Autocomunicazione: «Io» e «Un altro» come destinatari
Jurij Lotman Le mie memorie 1922-1940
Jurij Lotman La semiosfera: culture
Jurij Lotman La cultura e l'intelligentnost'
Jurij Lotman Il ruolo dell'arte nella cultura
Jurij Lotman Asimmetria e dialogo
Jurij Lotman Il modello della struttura bilingue
Peeter Torop La semiotica della cultura. Introduzione alla scuola di Tartu fondata da Lotman.
Peeter Torop Biografia privata di Lotman attraverso gli autoritratti. Il discorso interno di uno studioso
Peeter Torop La transmedialità dell'autocomunicazione della cultura
Peeter Torop Sugli inizi della semiotica della cultura alla luce delle tesi della scuola di Tartu-Mosca

Opere di Gógol'

La lettera scomparsa
Notte di maggio ovvero L'annegata
La sera della vigilia di Ivàn Kupàla
La fiera di Soróčinci
Memorie di un pazzo

Opere di Solženìcyn

L'arresto. Vivere e morire ai tempi dei gulag
L'istruttoria. Torture, false confessioni, gulag
Storia delle fogne russe. Ondate di deportazione in gulag
La donna in lager. Vita quotidiana nei gulag

Opere di Čechov

Dùšečka
Zio Vanja
Tre sorelle
Il gabbiano
Il giardino dei ciliegi (L'amareneto)
L'insegnante di lettere
Dama con cagnolino: racconto
Casa con mezzanino (racconto di un pittore)
Racconto della signora X
L'isola di Sachalìn
La dacia nuova
A proposito dell'amore
I mužikì
Alle feste di Natale
Per affari di servizio
Nel baratro
Tre anni
Il duello
Ionyč: racconto
L'arciereo: racconto
La sposa: racconto
Kaštanka: racconto
Ragazzi: racconto
Principessa: racconto

Opere di Tolstój

Imparare a scrivere dai bambini
Infanzia
Non uccidere nessuno
Non posso stare zitto Contro la pena di morte
Su ciò che viene chiamato «arte»
Il Vangelo spiegato ai bambini
Il parassitismo
Sonata «Kreutzer»
Il desiderio sessuale
Religione e morale
Perché la gente si droga?
Perché non mangio la carne

Opere di Dostoevskij

Notti bianche
Memorie dal sottosuolo
Il villaggio di Stepànčikovo e i suoi abitanti

Opere di Leskóv

L'ebreo in Russia
Il pellegrino incantato. Il mancino
L'angelo sigillato. L'ebreo in Russia

Opere di Bulgàkov

Comune operaia № 13
Il mago nero
Ho ucciso e altri racconti

Opere di Pùškin

Evgénij Onégin

Fiabe popolari

Sivko-burko. Fiaba popolare russa
Fiaba su Ivàn-zarévič, sull'uccello-brace e sul lupo grigio. Fiaba popolare russa

Sulla traduzione

Peeter Torop Total Translation
Vlahov Florin The Translation of Realia
B., S.A. Osimo Cognitive distortion, translation distortion, and poetic distortion as semiotic shifts
Bruno Osimo On Psychological Aspects of Translation
Bruno Osimo Literary translation and terminological precision: Chekhov and his short stories
Bruno Osimo Basic notions of Translation Theory
Bruno Osimo Translation Studies. Contributions from Eastern Europe

Bruno Osimo Handbook of Translation Studies
Bruno Osimo Juri Lotman's Translation Handbook
Bruno Osimo Dictionary of Translation Studies
Bruno Osimo History of Translation
Bruno Osimo Roman Jakobson's Translation Handbook
Bruno Osimo The Translation of Culture
Bruno Osimo Prototext-metatext translation shifts
Anton Popovič La scienza della traduzione
Peeter Torop La traduzione totale
Aleksandar Lûdskanov Un approccio semiotico alla traduzione
Vlahov Florin La traduzione dei realia
Revzin Rozencvejg Manuale di semiotica della traduzione
Jiří Levý La creatività linguistica e letteraria del traduttore
Jiří Levý Stile letterario e stile traduttivo. Come si forma il traduttese
Zuzana Jettmarová Teoria ceca della traduzione
B., S.A. Osimo Distorsione cognitiva, distorsione traduttiva e distorsione poetica come cambiamenti semiotici
Bruno Osimo Manuale del traduttore di Giacomo Leopardi
Bruno Osimo Peeter Torop per la scienza della traduzione
Bruno Osimo La traduzione totale. Spunti per lo sviluppo della scienza della traduzione
Bruno Osimo Teoria della mediazione linguistica
Bruno Osimo Traduzione come metafora, traduttore come antropologo
Bruno Osimo La memoria della cultura: traduzione e tradizione in Lotman
Bruno Osimo Traduzione e nuove tecnologie
Bruno Osimo Terminologia semiotica e scienza della traduzione
Bruno Osimo La lingua non salvata
Bruno Osimo Traduzione giuridica e scienza della traduzione
Bruno Osimo Traduzione della cultura
Bruno Osimo Traduzione letteraria e precisione terminologica
Bruno Osimo Traduzione e qualità
Bruno Osimo Traduzione: aspetti mentali
Bruno Osimo La traduzione totale di Peeter Torop

Fuori collana

Federico Bario Come batteva il tamburo
Aleksandr Ânov Le origini dell'autocrazia
Anatolij Rybakov Gli anni del grande terrore
Raffaello Giovagnoli Spartaco
Mihail Arcybašev Sangue
Mikhail Artsybashev Blood

Julija Voznesenskaja Decamerone delle donne
Solomon Volkov Pietroburgo. Storia culturale
Solomon Volkov Šostakovič e Stalin: l'artista e lo zar
Howard Rheingold Comunità virtuali
Bruno Osimo Il poeta in affari veniva da molto lontano
Bruno Osimo Esercizi di stile traduttivo
Bruno Osimo Melanzane dall'antipasto al dolce
Bruno Osimo Dizionario di psicoanalisi
Lucilla Porta, Una sorta di affetto. Romanzo
Tamara Nigi, Stazioni di transito. Haiku scritti sull'acqua
Poesia nascosta. Seicento ricette di cucina ebraica in Italia